www.tredition.de

AF176868

Natalija Style

***

Als sich mein Leben veränderte

www.tredition.de

© 2021 Natalija Style

Verlag und Druck:
tredition GmbH, Halenreie 40-44, 22359 Hamburg
Covergestaltung: Coverdesign by A&K Buchcover unter Verwendung des Bildmotives von EdwardDerule@depositphotos.com
Lektorat: Helmut Höffken

ISBN
Paperback: 978-3-347-36578-0
e-Book: 978-3-347-36579-7

PROLOG

Heaven

Heute war es soweit. Wir zogen um. Unser Haus in Cardiff war verkauft, da wir die laufenden Kosten nicht mehr bezahlen konnten.

Die Firma musste schließen und Dad hatte seine Arbeitsstelle verloren.

Wenn ich mich zurückerinnere, sehe ich eine glückliche Familie. Bis ein Tag alles änderte: Der 16 März.

Meine Mum kam bei einem Autounfall ums Leben. Es traf uns wie ein Schlag. In jenem Moment dachte ich, mein Herz bricht entzwei. Ich wollte nicht wahrhaben, dass Mum von uns gegangen war. Meine Schwester Skye und ich weinten uns jede Nacht in den Schlaf, sodass wir uns tagsüber todmüde und erschöpft fühlten. Dad erging es nicht besser.

Oft saß er an dem Schreibtisch, wo bis zu dem tragischen Unfall Mum ihre Arbeit erledigt hatte. Heute sehe ich das Bild vor Augen, wie Dad in dem schwarzen Stuhl saß, den Kopf auf die Arme gebettet. Ein anderes Mal hielt er ein Foto von Mum in der Hand und weinte. Keiner hatte mehr Spaß und Freude am Leben.

Die Noten in der Schule sanken. Wir aßen kaum, sahen blass und müde aus. Unser gesundheitlicher Zustand wurde schlechter.

Damals wurde ich wegen eines Nervenzusammenbruchs ins Krankenhaus gebracht.

Dad und meine Schwester weinten. Sie wollten mich nicht verlieren. Früher verschwendete ich Gedanken an den Tod. Malte mir aus, Mum zu sehen.

Solche Gedanken verwarf ich, nachdem ich meine verzweifelte Schwester und Dad betrübt ums Bett stehen sah. Ich riss mich zusammen. Als ich aus dem Krankenhaus entlassen wurde, baute ich eine kalte Mauer um mich auf. Ich wollte unter keinen Umständen Verlust und Schmerz fühlen lassen.

Ich ließ niemanden mehr an mich ran. Keiner sollte die Mauer durchbrechen. Es gab eine schwere Zeit, bis Dad verstand, dass es so nicht weiterging.

Dad beschloss umzuziehen.

Der Neuanfang

KAPITEL 1

Heaven

Ich schleppte mein Gepäck zu den anderen nach unten.

»Hey, Heaven! Kannst du mir bei meinem Koffer helfen?«, rief Skye von oben, wobei man ihren braunen Haarschopf durch die Tür verschwinden sah.

»Komme schon!« Und ich ging nach oben. Ich stieß die Tür zu unserem Zimmer auf und steuerte geradewegs auf das Bett zu, wo meine Schwester versuchte, ihren Koffer zu schließen. Kopfschüttelnd beobachtete ich sie. Sie sah ja so verzweifelt aus...

Ich musste innerlich grinsen.

»Was wird das?«, fragte ich und musterte sie amüsiert.

Sie hatte sich auf den Koffer gelegt, aus dem an allen Ecken ihre Sachen quollen. Füße und Beine waren wie Tentakeln ausgebreitet.

»Das sieht man doch. Ich kriege den Koffer nicht zu! Steh nicht rum und hilf mir lieber«, antwortete sie genervt.

»Ach, Skye. Du schaffst nix ohne mich«, kicherte ich.

Als Antwort bekam ich ein Kissen an den Kopf geworfen.

»Hey, wird das hier eine Kissenschlacht?«, rief ich empört.

»Nein! Nur weil ich zehn Minuten älter bin, heißt das nicht, dass ich keine Hilfe brauche«, gab sie beleidigt zurück.

»Okay. Sorry. Ich hör' schon auf«, entschuldigte ich mich. Um meine Äußerung zu unterstreichen, hob ich die Hände theatralisch in die Höhe.

»Gut. Da das geklärt ist, hilfst du mir jetzt?«

Meine Schwester hatte keine Geduld abzuwarten, das nervte. Sie brachte mich oft damit zur Weißglut, aber blieb insgesamt die liebenswürdigste Person, die ich kannte und die mich am Besten verstand.

Ich zerrte jetzt am Koffer, der nicht aufgeben wollte. Nach einer gefühlten Ewigkeit, wobei Skye sich daraufsetzte, gab er nach und ließ sich schließen.

»Geschafft«, stöhnte ich und ließ mich an der Wand runter gleiten. Wir schauten beide gedankenverloren auf die nackte Wand vor uns. Mein Blick schweifte durch das Zimmer. Alles sah verlassen aus. Man hatte den Eindruck, als hätte niemand hier gelebt.

In mir stiegen schöne Kindheitserinnerungen hoch, bei denen ich lächelte.

Meine Schwester und ich spielten fangen. Wir warfen sämtliche Gegenstände um. Mum hatte uns ermahnt.

Vor allem liebte ich es, wenn sie uns vor dem Schlafen gehen Geschichten vorlas. Wir hörten sie nicht bis zum Ende, sondern drifteten in das Land der Träume ab. Es gab so viele andere schöne, als auch schmerzhafte Erinnerungen.

Eine Familie, die in den guten wie auch in den schlechten Zeiten zusammenhielt. Ich vermisste Mum. Durch ihren Tod brach alles auseinander.

Die grauenvollste Zeit in meinem Leben. An jede Stelle auf die ich trat, in jedes Zimmer, in das ich ging. Überall stiegen Erinnerungen an meine Mum in mir auf. Skye und Dad erging es nicht anders.

Dad entschied sich für einen Neuanfang, um die Trauer und den Schmerz hinter sich zu lassen.

Mum blieb in unserem Herzen und Erinnerung, egal was passierte.

Skyes Stimme holte mich aus den Gedanken. »Heaven? Denkst du, es ist das Beste?« Ich wusste, dass sie damit den Neuanfang meinte.

»Es ist die einzige Möglichkeit, sie zu vergessen.«

»Das Haus bewahrt viele Erinnerungen an die schöne gemeinsame Zeit auf. Deshalb ziehen wir in eine andere Stadt«, seufzte sie und schaute mir in die Augen.

»Das wird schon«, erwiderte ich.

»Ich hab' Angst überall die Neue zu sein«, gab sie kleinlaut zu.

»Du wirst das nicht alleine durchstehen müssen. Ich bin für dich da. Ich gebe dir Halt und höre dir zu.« Ich lächelte sie aufmunternd an.

»Ach, du bist die beste Schwester auf der Welt. Mit dir ist alles erträglicher.«

»Ist mir bewusst«, zwinkerte ich ihr zu, wobei ich kurz darauf einen kurzen Stupser in die Seite zu spüren bekam.

»Okay ich sage nix.« Ich verschränkte beleidigt die Arme vor der Brust.

»Das ist Spaß. Hör auf zu schmollen. Du willst nur Aufmerksamkeit bekommen«, erwiderte sie und zog ihre Augenbrauen lässig zusammen. Ich beherrschte mich, um nicht gleich darauf loszuprusten.

Da ich mich zuvor umgedreht hatte, sah ich jetzt zu Skye. Ich lachte los.

Skye hatte ihre Augen weit aufgerissen und ihren Mund zusammengezogen. Sie glich einem erschrockenen Fisch. Sie schaute mich mit ihren braunen Augen seltsam an, bis sie in mein Lachen mit einstimmte.

Am Ende kugelten wir uns auf den Boden und hielten uns den Bauch vor Lachen. Ein befreiendes Gefühl umgab mich.

Ja, nach so langer Zeit konnten wir endlich wieder richtig lachen.

Wir vergaßen alle Sorgen.

Als wir uns endlich beruhigten, setzten wir uns hin und musterten uns gegenseitig.

»Das Gefühl habe ich schrecklich vermisst«, sagte Skye.

Ich nickte zustimmend.

Gedanken über Gedanken
KAPITEL 2

Heaven

»Heaven! Skye! Kommt runter, wir fahren jetzt los!«, rief Dad von unten.

»Wir kommen!«

Ich half meiner Schwester, den Koffer die Treppen runter zuziehen. Wir legten erschöpft eine Pause ein, ehe wir mit dem Koffer nach draußen zu unserem Auto gingen.

Unser Dad verstaute sämtliche Kisten und Koffer. Daneben stand ein Möbelwagen. Dort kam alles rein was nicht in unser Auto passte.

»Endlich!« Als letztes verfrachtete Dad Skyes Koffer ins Auto.

Ein letzter Blick zurück. Hatten wie auch nichts vergessen?

Dann stiegen wir ins Auto und fuhren los. Der Möbelwagen voraus, wir hinterher.

Ich lehnte meinen Kopf gegen das Fenster und schaute auf die vorbeihuschenden Häusern von Cardiff.

Ich vermisste die Stadt jetzt schon. Alle unsere Erlebnisse und Erfahrungen barg diese Stadt. Es war nicht leicht, meine Heimat endgültig zu verlassen, aber der einzige Weg alles hinter sich zu lassen und neu durchzustarten.

Ein Blick zur Seite verriet mir, dass Skye genauso in Gedanken versunken war wie ich zuvor.

Mein Blick schweifte durch unser Auto, bis er an Dad hängen blieb.

Den Blick starr auf die Straße gerichtet, das Lenkrad umklammert. Seine Knöchel traten weiß hervor. Dass er Cardiff verließ, schmerzte ihn. Immerhin hatte er hier, Mum kennen und lieben gelernt. So hatte alles begonnen ...

Ungeduldig wippte sie auf den Füßen. Sie warf einen Blick auf die Uhr. Wo steckte er? Würde er kommen? Hatte sie ihn missverstanden?

Nein, er hatte gesagt, er wolle sich mit ihr im Café treffen. Sie seufzte. Warum waren Jungs so unzuverlässig?

Sie schaute sich um. Das Café wirkte einladend. Die braunen mit Polster bedeckten Bänke, die man an Tische angeschoben hatte, sahen bequem aus. Gedämpftes Licht sorgte für eine stimmungsvolle Atmosphäre. Es wirkte luxuriös, ungewohnt für sie.

Eigentlich lebte sie bescheiden, studierte Design und war mittlerweile im sechsten Semester. Sie liebte es, Sachen zu entwerfen. Schon im Alter von zehn Jahren, zog es sie zum kreativen Bereich. Sie seufzte.

Anscheinend sparte sie viel, zu viel. Ihr Traum war eine eigene Wohnung, damit sie ihren Eltern nicht mehr zur Last fiel.

»Tut mir leid für die Verspätung.« Sie zuckte zusammen und sah zu dem jungen Mann, der atemlos vor ihr stand.

Er war gekommen. Sie lächelte. Kurz darauf erlosch ihr Lächeln. »Ich warte seit einer Stunde auf dich«, erwiderte sie kühn.

Er kratzte sich verlegen am Kopf. »Ich wollte dich nicht warten lassen.« Sein Blick ging auf den Boden.

Sie schüttelte den Kopf.

»Hör zu. Ich verstehe deine Enttäuschung ... Ich musste nur dringend zur Uni ...«

Sie musterte ihn. Er sah verzweifelt aus. Sie atmete aus und räusperte sich. »Na, gut.«

Ein strahlendes Lächeln erschien in seinem Gesicht. »Danke.«

Sie schmunzelte.

Das war sie: Die erste Verabredung von Mum und Dad. Ich lächelte. Sie hatte es mir erzählt, ich hatte damals nur den Kopf über meinen zerstreuten Vater geschüttelt.

Ich griff wieder mein Handy und stöpselte mir die Kopfhörer in die Ohren.

Eine wunderschöne Melodie ertönte. *All of me* von John Legend.

Das Lied erinnerte mich auf eine ganz besondere Art und Weise an unser gemeinsames

Leben. Meine Schwester meint oft, dass ich seltsam sei, wenn es um Gefühlsdinge gehe.

Niemand konnte mein Ich und meine Gefühle ändern. Niemand sollte einen Einblick in mein Leben bekommen, auch Skye und Dad nicht.

Zum Beispiel, dass ich mein Versprechen brach und wegen Mum Tränen vergoss. Es ging nicht anders. Ich hatte ihnen nichts darüber erzählt, weil ich sie nicht in meine Trauer hineinziehen wollte. Für alle Menschen galt ich als jemand, der keine unnötigen Probleme bereitet. Sorgen fraß ich in mich hinein. Ich wollte niemanden zur Last fallen, lieber verkroch ich mich in *mein* Zimmer.

Meine Schwester war das komplette Gegenteil. Sie ging weiter mit ihren Freundinnen aus, verbarg ihre Gefühle hinter einer kalten Maske. Sie wirkte eben selbstbeherrscht.

Ich dagegen lebte zurückgezogen und schottete mich ab. Ich wollte meine Ruhe haben. Insgeheim bewunderte ich Skye für ihre Art, für ihr Selbstbewusstsein.

Erstaunlicherweise teilten wir eine wichtige Gemeinsamkeit: die Musik. Mit Sieben fing ich an, Gitarre zu spielen. Skye entdeckte ihre Leidenschaft für Musik ein Jahr danach.

Die Gitarren und wir gehörten einfach zusammen. Wir mochten die gleichen Songs. Klar, dass wir auch zusammen sangen. Wir gaben uns der Musik komplett hin, Gefühle und Gedanken ließen wir mit dem Klang der Musik heraus. Die

Musik beruhigte uns, ließ uns vergessen. Eine Leidenschaft.

Ich erinnere mich daran, wenn unsere Eltern beim Spielen zuhörten. Am Ende klatschten sie. Dad sagte jedes Mal: »Aus denen wird irgendetwas Großes« und Mum pflichtete ihm bei, »Ja, unsere Töchter sind was ganz Besonderes.«

Wie ich diese Zeit vermisste ... Ich spürte, wie sich Tränen in meinen Augen sammelten. Ich wollte nicht weinen. Um mich abzulenken, nahm ich wieder mein Handy. Der Song von John Legend war vorbei. Ich scrollte mich durch die Playlist, bis mir die Ohren brummten.

Ich stopfte das Handy in meine Tasche und sah zu Skye herüber, die seelenruhig schlief.

»Dad?«, fragte ich so leise wie möglich, um Skye nicht zu wecken.

Er warf mir einen Blick durch den Rückspiegel zu. »Was ist los, Heaven?«, fragte er mich.

»Vermisst du Mum auch so sehr?« Ich konnte nicht anders, brauchte jemanden zum reden. Jetzt.

»Ja, jede einzelne Sekunde... ich kann nicht aufhören an sie zu denken«, flüsterte Dad.

»Hm...«, murmelte ich und sah nach draußen. Ich wusste, dass ein Neuanfang das Beste war, doch was würde passieren, wenn ich sie eines Tages komplett vergessen würde? Mum komplett hinter mich lassen würde, so wie wir gerade Cardiff hinter uns ließen. Ja, es schmerzte, doch ich wollte nicht loslassen.

»Du weißt ich will nur das Beste für euch, mein Mäuschen«, brach Dad die Stille.

»Ich weiß Dad…. ich weiß«, seufzte ich.

Dad war wirklich der Beste, er gab sich so viel Mühe uns glücklich zu machen. Für ihn standen wir an erster Stelle.

Plötzlich reckte sich Skye neben mich. Verschlafen rieb sie sich über die Augen. »Wann sind wir endlich da?«

»Es dauert noch eine Weile, ruht euch noch etwas aus«, antwortete Dad und löste dabei den Blick nicht von der Straße.

Skye seufzte genervt auf. Sie hasste lange Autofahrten, was ich ihr nicht verübeln konnte. Es war verdammt langweilig und ich selbst konnte es ja auch kaum erwarten, aus dem Wagen zu steigen.

Dad hatte anscheinend bemerkt, dass unsere Laune gerade am Tiefpunkt angelangt war.

»Ich hab' gute Neuigkeiten für euch, die euch aufmuntern werden«, grinste er.

Was Dad wohl damit meinte? Ich sah ihn fragend an.

»Was für Neuigkeiten?«, sprach jetzt Skye meine Gedanken laut aus.

Dad schwieg und meine Neugier wuchs.

»Dad, jetzt mach es doch nicht so spannend«, quengelte ich ungeduldig.

»Ist ja gut.« Er lachte. »Ihr beide werdet jede ein eigenes Zimmer haben und bevor es jetzt zu einer Diskussion kommt: beide sind gleich groß.«

Skye und ich schauten uns an. Ein eigenes Zimmer? Wie cool war das denn! Endlich konnte ich mein Zimmer so einrichten , wie ich es wollte.

»Du bist der beste Dad auf der ganzen Welt«, rief Skye und sah ihn strahlend an.

Ich lächelte. Ja, das war er tatsächlich.

»Es ist schön, euch so glücklich zu sehen…«, flüsterte Dad fast. Ich hörte es trotzdem, Skye auch. Die fröhliche Stimmung war mal wieder gekippt.

Es würde nie so sein wie früher, egal was wir machten. Ich lehnte mich auf meinem Sitz zurück und schloss die Augen. Schlafen wäre jetzt das Beste, um abzuschalten.

Meine Augenlider wurden mit der Zeit immer schwerer, bis ich endgültig in das Land der Träume abdriftete.

Eine neue Chance?

KAPITEL 3

Heaven

Schon von Weitem sah ich eine Stadt.

»Heaven, guck! Sieht das nicht wunderschön aus?«

Täler, Flüsse und gigantische Berge raubten mir den Atem. Das sah vielversprechend aus. Für mich ein spannendes Naturspiel. Eine Landschaft voller Leben.

An einer Kreuzung entdeckte ich ein abgenutztes Schild: Alaska. Die schmalen Straßen lagen friedlich da. Wir fuhren bergauf. Ab und zu tauchten ein paar Fachwerkhäuser auf. Vor uns eine malerische Ortschaft.

Das Auto bog in eine Auffahrt ein. Was ich entdeckte, war ein freundliches, gemütliches Holzhaus. Sprossenfenster und eine mächtige Eichentür fielen mir sofort ins Auge.

Auf der Terrasse stand eine Hollywoodschaukel und mir war sofort klar: Ich hatte meinen Lieblingsplatz gefunden.

Dad schloss das Gartentor auf. Ich drehte mich um die Achse und sog alles in mich auf. Die frische Luft, die Landschaft und nicht zuletzt unser neues Zuhause.

»Wow«, hauchte ich. Mein Blick fiel auf ein anderes Haus. Es glich unserem. Außer den beiden Häusern gab es nur Wald und unterhalb glänzte ein silberfarbener See. Ich seufzte. Nachbarn.

»Kommt ihr?«, rief Dad, der die Kisten und Koffer aus dem Auto lud. Der Fahrer und die Möbelpacker fingen an, alles ins Haus zu tragen. Skye und ich rannten zu Dad, um ihm mit den Koffern zu helfen.

Nach Stunden sah das Haus schon wohnlich aus. Dad bezahlte den LKW-Fahrer, der sich bedankte und verschwand.

Mich überkam ein schweres Gefühl. Jetzt hieß es, mit der Vergangenheit abschließen. Ich schaute mich um. Überall standen Kartons herum. Nur die Möbel hatten bereits ihren Platz gefunden.

»Eure Zimmer sind oben«, rief uns Dad zu. Dann begann er Sachen aus den Kartons zu entladen.

Ich stieg die Wendeltreppe hoch und stand vor meinem neuen Zimmer. Meine Schwester und ich hatten uns bisher ein Zimmer geteilt. Jetzt besaß jeder ein Eigenes. Sie lagen nebeneinander.

Vorsichtig drückte ich die Türklinke nach unten.

Wir wussten zwar, dass Dad im Vorfeld schon für eine Grundeinrichtung gesorgt hatte, was ich dann aber sah, raubte mir den Atem. Das Zimmer war einfach ein Traum.

Neben dem Fenster stand ein Himmelbett. Das hatte ich mir immer schon gewünscht. Dazu eine tolle Kommode und ein großer Kleiderschrank. Sogar an einen Schminktisch hatte Dad gedacht. Gegenüber vom Himmelbett gab es einen praktischen Schreibtisch. Perfekt.

Ein rosafarbener Teppich verlieh dem Raum zusätzliche Wärme. Die Wände strahlten im frischen Beige.

Die Wand hinter dem Bett in leichtem Grau mit geschwungene Blütenmotiven.

Die Gitarre hatte schon ihren Platz in einer Ecke gefunden. Ich lächelte. Gitarre spielen, ein Hobby, das Skye und ich teilten. Es erinnerte mich an Mum.

Wie ich die Zeit vermisste ...

Ich spürte, wie sich Tränen in meinen Augen sammelten. Ich blinzelte sie weg und schniefte leicht.

Mein Zimmer wirkte im Ganzen gemütlich und einladend. Ich sah, dass ein paar Kisten herumstanden. Um mich abzulenken, begann ich zu sortieren. Mir fiel ein zerknittertes Foto in die Hand, dass ich schon fast vergessen hatte. Das letzte Weihnachten mit Mum. Wir vier strahlten. Eine glückliche Familie. Ich seufzte. Mum hatte das Fest geliebt.

Unser Haus leuchtete in der Nachbarschaft und zog die Blicke auf sich. Nachbarn und Verwandte waren zusammen gekommen. Ich erinnerte mich genau daran. Es fühlte sich an wie gestern ...

»Heaven? Wo ist der Wein?« Sie sah panisch zu mir.

»Öhm, der steht im Kühlschrank«, erwiderte ich. Inzwischen legte ich die Servietten zurecht.

Mum fuhr sich durch die Haare. »Danke.« Sie lief hin und her. Fertig mit der Arbeit, ließ sie sich auf dem Sofa nieder.

Ich ging zu ihr. »Mum, du setzt dich unnötig unter Druck. Alles ist perfekt.« Ich strich ihr beruhigend über den Rücken.

Sie schaute mich liebevoll an, wollte gerade etwas erwidern, da klingelte es an der Haustür.

»Sie sind da.« *Mum sprang auf und lief zur Tür. Ich schüttelte nur grinsend den Kopf.*

Langsam füllte sich der Raum. Ich musste viele Umarmungen über mich ergehen lassen, ehe ich mich hinausschleichen konnte. Kennt ihr das, wenn ihr bei einer Umarmung das Gefühl bekommt, ihr braucht Luft? So erging es mir. Tja, Weihnachten. Das Fest der Liebe. Manche übertreiben. Ich schüttelte den Kopf.

Bei vielen erreichte der Alkohol bereits seine Wirkung. Sie redeten wirres Zeug. Mir war es zu viel. Nach einer Weile verschanzte ich mich in meinem Zimmer, um mein Geschenk zu öffnen. Jetzt sah ich mir das rote Schächtelchen genauer an.

Für meine Maus, *stand darauf. Ich lächelte und öffnete es.*

Ein funkelndes Armband kam zum Vorschein. Es glänzte silbern. Ein herzförmiger Anhänger schmückte es.

Ich bleibe in deinem Herzen, vergiss das nicht.

- Mum.

Ich schniefte leicht und legte es mir um. »Danke, Mum.«
Spätabends tanzten wir, aßen und feierten, bis das Fest sich dem Ende neigte.

Ich lächelte bei der Erinnerung und schaute auf das Armband, dass um mein Handgelenk baumelte. Ich vermisste Mum, so dass es schmerzte. Wo bist du nur?

Ich seufzte und ging zum Fenster. Auf dem See konnte ich unscharf Kanus erkennen, die an einem Bootsteg im Wasser schaukelten.

Ich dachte nach. Mir wurde klar, egal wie weit Cardiff zurücklag, ich würde Mum nicht vergessen. Sie hatte für immer einen Platz in meinem Herzen.

Ich schüttelte den Kopf. Ich durfte jetzt nicht an Mum denken. Ablenkung, das war was ich jetzt brauchte.

Ich entschied mich bei meiner Schwester im Zimmer vorbeizuschauen. Ich klopfte an ihre Tür. »Skye?«

»Ich komme«, antwortete sie. Ihre Stimme drang gedämpft zu mir. Dann ein lauteres Fluchen, als die Tür nicht sofort aufging - und dann blickte ich Skye an.

Ihre braunen Haare hingen ihr wild-strähnig ins Gesicht. Sie wirkte erschöpft.

Ich schaute über ihre Schulter hinweg. In ihrem Zimmer herrschte das reinste Chaos. Alles lag kreuz und quer auf dem Boden zerstreut. Von Kleidungsstücken bis hin zur Bettwäsche.

»Skye, was ist denn hier passiert? Hat hier etwa ein Tornado gehaust?!«

Ich blinzelte. Das hier war doch unmöglich.

»Gut das du kommst. Kannst du mir bitte helfen?« Sie sah mich verzweifelt an.

Ich seufzte. »Na gut… wo sollen wir denn anfangen?«, fragte ich sie und kratzte mich am Hinterkopf.

Ich drängte mich an ihr vorbei und lief auf einen Karton zu. »Ich würde mal sagen irgendwo?«, lachte ich jetzt und fing an ein paar Kleidungsstücke zu falten, um sie anschließend in ihren Schrank zu räumen.

Skye grinste nur. So machten wir uns beide an die Arbeit.

»Morgen geht es schon los… wir gehen zur Schule«, flüsterte Skye. Sie stellte gerade ein Foto auf ihrer Kommode auf.

»Hmm«, murmelte ich abwesend und stopfte das letzte Kleidungsstück in den Schrank. Es war soweit. Ab morgen hieß es endgültig: neue Schule, neues Leben ergab neues Glück… oder nicht?

»Heaven!«, rief meine Schwester jetzt energisch. Ich zuckte zusammen und hielt in meiner Bewegung inne. »Was gibts'?«, fragte ich sie.

»Du hörst mir gar nicht zu, wenn ich mit dir rede«, schmollte sie und setzte sich im Schneidersitz auf ihr Bett hin.

»Doch natürlich«, rechtfertigte ich mich. »Also was wolltest du sagen?«

Skye rollte mit den Augen. »Ach egal.«

Ich wollte etwas erwidern, als ich plötzlich eine Tür unten aufgehen hörte und dann Schritte. Es kam jemand die Treppe hoch. Das war bestimmt Dad. Wer sollte es auch sonst sein?

Kurz darauf tauchte Dads brauner Haarschopf in der Tür auf. »Na meine Mäuschen, wer hätte Lust auf Alaska-Spezialitäten?«

Skye und ich sahen uns an. Ich zuckte mit den Schultern.

»Wieso nicht?« Was kann da schon schief gehen?

Ein Abend zu dritt
KAPITEL 4

Skye

Im Auto war es still. Wir alle hingen unseren eigenen Gedanken nach. Ich sah mich im Auto um, dann flog mein Blick auf die Tankanzeige.

»Ähm Dad? Haben wir denn genügend Benzin?«, fragte ich und musterte kritisch das Symbol , das gelb aufleuchtete. Der Tank war praktisch so gut wie leer.

Heaven warf jetzt ebenfalls einen Blick darauf. »Ich glaube wir sollten tanken gehen.«

Ach was, das hätte ich jetzt nicht gedacht.

»Oh nein...«, murmelte Dad als er unser Sprit-Problem bemerkte. Er zog die Stirn kraus und hielt nach einer Tankstelle Ausschau. Wir hatten Glück, dass eine auf unserem Weg lag. Dad fuhr auf eine zu und parkte den Wagen.

»Bleibt im Wagen, ich komme gleich.« Mit diesen Worten stieg er aus. Heaven und ich waren alleine. Ich griff nach meinem Smartphone und sah, dass mir ein paar meiner Freunde geschrieben hatten. Die meisten fragten nur wie es in Alaska sei oder das sie mich vermissten.

»Skye?«

Ich löste den Blick vom Display und sah zu meiner Zwillingsschwester. »Was gibs'?«

»Denkst du echt, das mit dem Neuanfang klappt?« Sie schaute mich kritisch an. »Wir wissen doch beide dass wir Mum nicht vergessen können, egal wohin wir umziehen.«

Ich legte mein Smartphone aus der Hand und drehte mich zu ihr. »Niemand hat behauptet, dass wir Mum vergessen sollen, Heaven. Wir müssen aber jetzt unseren eigenen Weg gehen und die Vergangenheit hinter uns lassen.«

Heaven schaute auf ihre Hände. »Hmm...«

Ich nahm ihre Hand in meine. » Du bist nicht alleine, ich bin für dich da egal was ist.«

Sie lächelte schwach. Als ich sie so sah, konnte ich nicht anders und nahm sie in den Arm. »Versuch einen Tag nicht an sowas zu denken, bitte«, murmelte ich. »Ich mag es nicht, dich so traurig zu sehen.«

»Okay«, hauchte sie.

Ich drückte sie fest an mich. Heaven bedeutete mir unendlich viel. Es zerriss mich innerlich sie so zu sehen und ihr nicht helfen zu können. Ich konnte ihr leider nicht den Schmerz nehmen, sie musste da durch; genau wie ich.

Nach ein paar Minuten kam Dad mit drei Wasserflaschen zurück. Er setzte sich hinters Lenkrad und verteilte die Flaschen. »Tut mir leid, dass es bisschen gedauert hat, aber der Kassierer hat einem Typen vor mir seine halbe Lebensgeschichte erzählt.«

Ich winkte ab. »Alles gut, lass uns einfach losfahren ich hab Hunger.« Wie aufs Stichwort begann mein Magen zu knurren.

»Na dann, los gehts'«, lachte Dad. Die Fahrt dauerte nicht lange und verlief relativ ruhig. Wir kamen schnell an. Dad parkte in eine Seitenstraße.

Zusammen liefen wir auf das Restaurant zu. Als wir die Tür aufmachten, gab diese ein lautes *Ping* von sich. Wir setzten uns nach ganz hinten in eine Ecke.

»Ich bin mal gespannt aufs Essen«, sagte ich und kniff die Augen zusammen.

»Du und Seafood«, lachte Heaven. »Das ich das noch miterlebe.«

»Haha wie witzig«, erwiderte ich genervt. Nicht jeder konnte eben Jakobsmuscheln und was es auch sonst so gab essen. Ich sah zu Dad. »Jetzt sag doch auch mal was.«

Er schüttelte nur schmunzelnd den Kopf. Na vielen Dank für deine Unterstützung...

»Guten Abend zusammen!«, begrüßte uns eine Kellnerin freundlich und legte eine Menükarte auf den Tisch. »Fühlen sie sich wie Zuhause.« Während sie redetet sah sie die ganze Zeit Dad an.

Ich rollte mit den Augen. Offensichtlicher flirten ging nicht?

Dad lächelte ihr zu. »Danke, das ist sehr nett von Ihnen.«

»Ach sagen sie einfach nur Georgina zu mir.« Sie zwinkerte Dad zu. »Wenn sie sich entschieden haben, rufen sie mich.« Mit diesen Worten ging sie davon.

Ich stupste Heaven an. »Hast du das gesehen?«, flüsterte ich so leise, dass Dad nichts mitbekam.

Sie nickte. »War ja schwer zu übersehen.«

»Die hat es ja richtig auf Dad abgesehen«, kicherte ich.

»Was tuschelt ihr zwei da? Scheint ja sehr spannend zu sein«, mischte sich Dad ein. Ich sah ihn mit großen Augen ertappt an. Das war peinlich…

»Nichts«, nuschelte ich und sah zu Heaven, die sich vor Lachen kaum zurück halten konnte. Das war doch nicht ihr Ernst!

Dad zog die Stirn kraus und sah zwischen uns beiden hin und her. Dann zuckte er mit den Schultern und studierte die Menükarte.

Ich atmete erleichtert tief aus und widmete mich ebenfalls der Karte. Bei dem ganzen Seafood verzog ich das Gesicht und war froh als ich etwas fand, dass appetitlich aussah.

Heaven sah mich nur belustigt an. Der Abend konnte was werden…

Ein chaotischer erster Schultag
KAPITEL 5

Skye

Ich zwang mich aus dem Bett. Der erste Schultag. Ich gähnte und wollte am liebsten weiterschlafen. Ich hatte keine Lust auf Schule. Genervt ging ich ins Bad. Als ich wieder in mein Zimmer kam, fiel mein Blick auf die neue Schuluniform. Nicht gerade das, was ich mir vorgestellt hatte. Ich *liebte* sie jetzt schon.

Auf die Neugier der anderen Schüler konnte ich gerne verzichten. Ich konnte mir jetzt schon vorstellen, wie sie uns alle ansehen und sich die Hälse verrenken würden.

Zurechtgemacht verließ ich mit meiner Schultasche das Zimmer. Gähnend lief ich die Treppe nach unten und erblickte Heaven am Küchentisch.

»Morgen«, brummte sie und löffelte ihr Müsli.

Ich setzte mich neben Heaven. Sie reichte mir die Packung. Unter ihren Augen erkannte ich tiefe Ringe. Sie sah nicht gut aus.

»Wo ist Dad?«, fragte ich kauend.

»Bewerbungsgespräch«, antwortete Heaven lustlos. »Wir haben das Glück mit dem Bus fahren zu müssen«, setzte sie sarkastisch hinzu.

Ich verdrehte die Augen und stellte meine leere Schüssel in die Spüle.

Ich blickte auf meine Uhr. »Na komm, wir müssen los«, sagte ich und nahm ihr die Schüssel weg.

»Hey! Ich wollte noch essen«, beschwerte sich Heaven. Ich winkte ab und spazierte aus der Haustür. Schweigend liefen wir nebeneinander her.

Mein Handy vibrierte. Wer das wohl war? Ich nahm es in die Hand. Eine Nachricht von Dad:

Meine Mäuschen, ich wünsche euch viel Spaß in der Schule. Ihr packt das. Hab euch lieb!

Ich lächelte. Typisch Dad. Selbst beim Bewerbungsgespräch dachte er an uns.

Ich stupste Heaven an und zeigte ihr die Nachricht. Sie hob als Antwort nur kurz den Daumen und tippte dann auch schon weiter auf ihrem Handy herum. Konnte sie mal ihr Handy zur Seite legen?

Kaum erreichten wir die Bushaltestelle, fing es an zu regnen. Besser konnte der Tag nicht starten.

»Das ist deine Schuld«, warf mir Heaven vor.

Ich verdrehte nur die Augen. Auf Streit hatte ich jetzt einfach keine Lust. Ich bereute es doch selbst, den Regenschirm nicht mitgenommen zu haben.

Endlich kam der Bus. Durchnässt stiegen wir ein.

Es war rappel voll. Wir zwängten uns in den Bus. Ich blickte aus dem Fenster. Tausend Fragen schwirrten in meinem Kopf. Wie wohl die Schüler und Lehrer drauf waren? Hoffentlich waren die alle in Ordnung und suchten nicht unnötig Streit. Darauf hatte ich null Lust.

Ich seufzte. Brav war ich seit Mums Tod lange nicht mehr gewesen, musste mehrmals nach der Schule nachsitzen und schwänzte den Unterricht. Mein Verhalten war rebellisch, doch nur so konnte ich meine Gedanken abschalten und nicht an Mum denken...

Wie sehr ich meine Freunde schon vermisste... mit ihnen hatte ich so viel Spaß gehabt. Würde ich hier neue Freunde finden? Wie würden die Leute wohl auf mich reagieren? Ich zupfte nervös an meinem Rock.

Ich merkte gar nicht, dass wir schon da waren. Heaven zerrte mich am Handgelenk aus dem Bus.

Als wir den Schulhof betraten, spürte ich förmlich, dass alle Blicke auf uns gerichtet waren. Mussten die so starren?

Ich wurde langsam nervös. Ich war zwar taff, doch selbst diese Situation war mir plötzlich zu viel. Ich wollte nicht die *Neue* sein.

Ein Blick zu meiner Schwester Heaven bestätigte mir, dass sie sich genauso unwohl fühlte wie ich. Auch ihre Selbstsicherheit sank.

Wir ließen uns aber nicht beirren. Trotzdem betraten wir leicht angespannt das Gebäude.

Die Gänge waren fast komplett leer. Die meisten hielten sich draußen auf. Nur ein paar Schüler lungerten hier herum.

Die Möchtegern-Models tendierten wohl mehr zur frischen Luft, um zu rauchen. Sollten sie doch, wir hatten andere Pläne.

Suchend schlenderten wir durch die Gänge.

»Wo ist das blöde Sekretariat?«, fragte meine Schwester genervt.

»Entspann' dich, wir finden es schon.«

»Ich habe keinen blassen Schimmer wie du das anstellen willst«, murmelte Heaven. Ich verdrehte die Augen. Wir liefen durch etliche Flure, bis wir vor einer blauen Tür stehen blieben. Ein Schild mit der Aufschrift „Sekretariat" war neben der Tür befestigt.

»Hab' ich dir nicht gesagt, ich finde es«, sagte ich stolz.

Heaven verdrehte nur die Augen und ging an mir vorbei. Sie klopfte.

»Herein«, ertönte eine Stimme.

Wir betraten das Sekretariat. Mein Blick fiel sofort auf eine aufgetakelte Frau. Sie saß an einem Schreibtisch auf dem es nur so von Papierkram wimmelte.

Sie blickte auf und ihre stark geschminkten Augen blickten uns erstaunlicherweise freundlich an. »Guten Morgen! Was führt euch zu mir?«

»Guten Morgen! Meine Schwester und ich sind neu hier auf der Schule. Wir wollten unsere Unterlagen abholen.«

»Hmmm… einen Moment bitte«, murmelte sie und tippte auf ihren Computer. »So hier haben wirs'! Ihr seid Heaven und Skye Thompson?«

Ich nickte. »Genau.«

»Nun, hier sind eure Unterlagen wie der Stundenplan und eure Pläne. Wenn etwas sein sollte und ihr Fragen habt, dann kommt gerne zu mir.«

»Vielen Dank!« Lächelnd nahmen wir die Unterlagen an uns.

»Gerne! Und denkt an mein Angebot«, flötete sie uns hinterher.

Als wir außer Hörweite waren, fing Heaven an zu grinsen. »Die war vielleicht schräg drauf.«

Ich zuckte nur die Schultern und sah auf den Plan. Mathe.

Heaven schielte auf den Plan. »Och nö«, stöhnte sie.

Mit Verspätung erreichten wir endlich das Klassenzimmer. Wir klopften an die Tür und ein »Herein« ertönte. Alle Augen waren auf uns gerichtet. Ich versuchte sie vergebens zu ignorieren.

»Gleich am ersten Schultag unpünktlich«, spottete der Lehrer.

Er hatte graue raspelkurze Haare, eine runde Brille und braune Augen. Er zeigte nach hinten. »In der letzten Reihe sind zwei Plätze frei.«

Heaven ging mit schnellen Schritten zu unseren Sitzplätzen. Als ich endlich saß, atmete ich tief durch.

Der Lehrer war mir jetzt schon unsympathisch. Wir waren gerade mal nur zehn Minuten zu spät. Der sollte sich mal nicht so anstellen.

»Wie ihr sicherlich schon mitbekommen habt, haben wir ab heute zwei neue Schülerinnen, Heaven Thompson und Skye Thompson. Kennenlernen könnt ihr sie später, jetzt machen wir endlich mit dem Unterricht weiter.« Er schaute verärgert zu uns. »Um mich kurz vorzustellen, mein Name ist Herr Rys. Und nur damit das klar ist, ich dulde kein zu spät kommen«

Ich zuckte nur mit den Schultern. War mir doch egal.

Die Stunde zog sich wie Kaugummi in die Länge. Gelangweilt schaute ich an die Tafel. Wen interessierte schon Algebra? Ich schaute zu Heaven, die fleißig abschrieb. Wann war die Stunde denn endlich um?

Als es endlich klingelte, sprang ich sofort auf. Der Stuhl kratzte über den Boden. Alle schauten mich an. Ich schluckte leicht als ich Herrn Rys ansah.

»Wer um alles in der Welt hat Ihnen erlaubt, aufzustehen, Ms Thompson? Ich bin der Lehrer und beende den Unterricht. Ich kann mich nicht daran erinnern, ihn beendet zu haben. Sie werden mit Konsequenzen rechnen müssen. Eine Stunde nachsitzen!«

Das sollte wohl ein Witz sein!

»Aber...«

»Diskutieren Sie nicht mit mir herum, sonst werden aus einer Stunde zwei!«, mahnte er mich.

Ich nickte nur, da ich nicht sonderlich Lust auf noch mehr Stunden nachsitzen hatte.

Nachsitzen war doch Freiheitsraubung!

Als uns der Lehrer endlich in die Pause entließ, stürmte ich schon fast aus dem Klassenzimmer.

»Skye, jetzt warte doch!«, rief mir meine Schwester hinterher.

Ich wollte gerade einfach nur alleine sein. Konnte sie das denn nicht verstehen?

Sie holte mich ein. »Nachsitzen? Ist das dein Ernst? Ich dachte, du wolltest dich bessern?«

Ich verdrehte die Augen, blieb stehen und drehte mich zu ihr um. »Ich kann machen was ich will, Heaven. Lass mich einfach in Ruhe.«

Mit diesen Worten ließ ich sie stehen. So hatte ich mir meinen ersten Schultag nicht vorgestellt. Ich schlenderte den Schulflur entlang bis zu meinem Schließfach. Nummer 33. In der Nähe sah ich eine Gruppe von Mädchen stehen, die sich gerade angeregt über etwas unterhielten.

Ich wandte den Blick ab und verstaute die Bücher, die ich nicht brauchte im Spind.

Vielleicht hätte ich meine Wut nicht an Heaven rauslassen sollen. Sie konnte doch nichts dafür, dass ich nachsitzen musste. Würde ich mich je ändern können?

»Hey, du bist doch die Neue?«
Ich zuckte zusammen, da ich gar nicht bemerkt hatte, dass sich jemand zu mir gestellt hatte.

»Sorry, ich wollte dich nicht erschrecken.« Ein Mädchen mit schwarzen langen Haaren sah mich entschuldigend an. »Ich bin Amanda.«

Ich lächelte leicht. »Alles gut, war nur kurz in Gedanken, ich bin übrigens Skye.«

»Ich hab vorhin deine Aktion im Klassenzimmer mitbekommen. Das war echt mutig von dir, niemand legt sich sonst mit Herrn Rys an.« Sie grinste mich an.

Ich sah sie verwirrt an. Woher wusste sie das? Ich konnte mich nicht erinnern, dass sie auch dort gewesen war.

Sie bemerkte anscheinend meinen irritierten Blick.

»Sowas spricht sich schnell hier herum«, erklärte sie mir nun.

Ich nickte nur.

»Außer Scott«, lachte jetzt ein Mädchen und kam auf uns zu. »Katelyn«, stellte sie sich knapp vor.

Ich war verwirrt. »Scott?« War der etwa ein Rebell oder wie?

»Ein Junge der schlimmen Sorte. Der legt sich mit jedem Lehrer an, bis jetzt war er auch der

Einzige der Herr Rys je provoziert hat«, antwortete Amanda und verdrehte dabei die Augen. »Glaub' mir, der kann echt nervig sein.«

Ich zog eine Augenbraue hoch.

»Ist ja auch egal, was wir dich eigentlich fragen wollten ist, ob du vielleicht Lust hast nach der Schule was zu machen? Dann können wir dir auch bisschen was von Alaska zeigen.«

Sie wies nach hinten zu den anderen Mädchen, die mir lächelnd zuwinkten.

Ich seufzte. »Sorry, ich muss nachsitzen.« Ich wäre so gerne mitgegangen...

»Stimmt, hätte ich mir denken müssen... typisch Herr Rys«, brummte Amanda genervt.

»Weißt du was, wir tauschen einfach Nummern aus und machen das ein anderes Mal mit dem Treffen.«

»Klingt gut«, lächelte ich sie an.

Als die letzten Schulstunden vorbei waren, wollte ich schon nach Hause. Dann fiel mir ein: ich musste eine Stunde länger bleiben. Nachsitzen.

»Was war mit dir vorher los Skye?«, fragte mich Heaven. Wir liefen nebeneinander den Flur entlang.

»Nichts...« Ich mied ihren Blick. Ich wusste, dass sie mir nicht glaubte.

»Kannst du bitte Dad sagen, dass ich heute erst später nach Hause komme? Sag' ihm aber bitte nicht, dass ich nachsitzen muss... du weißt ja, er wird sich Sorgen machen«, flehte ich sie an.

Sie seufzte erst, nickte dann aber.

»Danke, du bist ein Engel!« Ich umarmte sie kurz und verabschiedete mich dann von ihr.

Nun war ich allein. Ich machte mich auf den Weg zum Klassenzimmer. Na wenigstens kannte ich den Raum jetzt.

Herr Rys wartete bereits mit einem Stapel Arbeitsblätter auf mich. Doch er war nicht alleine. Neben ihm stand ein braunhaariger Junge. Ob das wohl Scott war?

»Schön, dass Sie den Weg hierher gefunden haben«, riss mich die tiefe Stimme des Lehrers aus meinen Gedanken. Er drückte mir die Arbeitsblätter in die Hand.

Schweigend folgte ich ihm in das Klassenzimmer. Ich hatte absolut keine Lust, trotzdem bearbeitete ich fleißig die Blätter. Ab und zu schaute ich zu Scott, welcher die ganze Zeit nur die Uhr anstarrte.

Er hatte bisher nicht einmal einen Stift in die Hand genommen. Der war vielleicht schräg drauf.

»Die Zeit ist um.«

Ich schreckte auf. Die Stunde war schon um? Erleichtert ging ich nach vorne und übergab die Arbeitsblätter.

»Das nächste Mal hörst du lieber zu.«

Ich nickte nur und verabschiedete mich.

Als ich aus dem Klassenzimmer heraustrat, sah ich mich um. Keine Menschenseele. Jetzt konnte ich endlich nach Hause.

»Hey, warte!«

Ich blieb stehen. Als ich sah, dass es der Junge war mit dem ich Nachsitzen musste, rollte ich mit den Augen.

»Was willst du?« Er ignorierte meine Frage.

»Gleich am ersten Tag nachsitzen?«, fragte er stattdessen und verkniff sich dabei ein Lachen.

»Lass mich in Ruhe.« Ich wollte weitergehen, doch er hielt mich am Handgelenk zurück.

»Ich bin übrigens Scott und du?« Er schaute mich grinsend an. Ich schloss kurz die Augen. Beruhig' dich Skye.

»Mir ist es sowas von egal, wer du bist, also wenn du mich jetzt entschuldigen würdest...« Mit diesen Worten riss ich mich von ihm los und stampfte davon.

So eine Nervensäge.

Was läuft hier?
KAPITEL 6

Heaven

Ich saß gerade mit Dad am Küchentisch, als ich hörte wie die Haustür krachend ins Schloss fiel.

Kurz darauf kam auch schon Skye genervt herein. Was war denn jetzt passiert? Bestimmt nichts gutes.

»Hallo Mäuschen.« Dad lächelte sie an. Skye erwiderte nichts und lief nach oben.

Ich sah Dad entschuldigend an. »Ich schau mal nach Skye, wenn das für dich okay ist?«

»Geh nur«

Ich lächelte ihm kurz zu, dann ging ich nach oben. Ich klopfte an die Tür. Nichts. Was war bloß passiert?

Da ich immer noch keine Antwort von Skye bekommen hatte, ging ich einfach in ihr Zimmer.

Dort lag sie. Ihre Augen hielt sie geschlossen.

»Lass mich in Ruhe«, brummte sie.

Ich wusste, sie wollte alleine sein. Ich hatte jedoch nicht vor zu gehen, nicht bevor ich wusste, was los war.

»Heaven bitte geh einfach«, seufzte sie und sah mich an. Ich schüttelte den Kopf und setzt mich auf die Bettkante.

»Skye, ich bin für dich da… bitte rede mit mir.«

»Es gibt nichts worüber ich reden will«, erwiderte sie genervt und setzte sich auf.

»Dann bleibe ich eben solange sitzen, bis du mir erzählst was mit dir los ist«, erwiderte ich trotzig.

Ihre Augen funkelten mich zornig an. »Weißt du was? Ich brauche niemanden, ich komme gut alleine klar. Ich sage es nicht noch einmal: bitte geh Heaven.«

Die Situation würde gleich komplett aus dem Ruder laufen, wenn ich nicht sofort ging. Trotzdem, ich blieb sitzen.

Frustriert ließ sich Skye wieder nach hinten aufs Bett fallen. Sie tat mir leid. Ich wollte sie nicht so sehen müssen.

»Ist es wegen dem Nachsitzen? Wenn ja, darum brauchst du dir überhaupt keine Sorgen machen. Ich hab' mich darum gekümmert.«

Skye schwieg. Eine ernste, bedrückende Stimmung lag in der Luft. Keiner sagte mehr etwas. Nach einer Weile hielt ich es nicht mehr länger aus und stand auf. An der Tür drehte ich mich noch einmal um.

»Falls du es dir anders überlegen solltest, ich bin unten.«

Mit diesen Worten verschwand ich. Wieso redete sie nicht mit mir? Ich wollte doch nur für sie da sein...

Als ich in die Küche kam, saß Dad nicht mehr dort. Stattdessen blieb mein Blick an einen Zettel am Kühlschrank hängen und zog meine Aufmerksamkeit auf sich. Ich riss ihn ab.

Ich muss noch was wichtiges erledigen, komme erst spät abends wieder.

Dad

Ich hatte bei der Sache ein komisches Gefühl. Seit wann verschwand Dad einfach so kurzfristig? Das war untypisch für ihn. Kopfschüttelnd lief ich in mein Zimmer, schmiss mich aufs Bett und starrte Löcher an die Decke. Ich musste mich ablenken. Mir wurde alles zu viel.

Kurzerhand beschloss ich, mal wieder joggen zu gehen um den Kopf frei zu kriegen. Das hatte ich zwar schon eine Ewigkeit nicht mehr gemacht, aber es sprach ja nichts dagegen.

Ich schlüpfte in meine Sneaker, stöpselte mir Kopfhörer in die Ohren und warf mir eine Sweatjacke über.

So verließ ich das Haus und lief Richtung Wald. Am Anfang hielt ich gut durch, doch mit der Zeit fiel es mir immer schwerer, gleichmäßig zu atmen.

Als ich endlich eine Parkbank erblickte, steuerte ich direkt darauf zu. Aus der Puste setze ich mich. Meine Ausdauer war so viel schlechter geworden.

Ich lehnte mich zurück und schaute in die Ferne. Könnte ich doch bloß die Zeit zurück drehen...

Ich seufzte. Egal wie sehr ich mich auch anstrengte, nicht an sie zu denken, es gab keinen einzelnen Tag, an dem ich nicht an Mum dachte. Sie fehlte und das schmerzte.

Würde ich je wieder richtig lachen können? Frei von Sorgen sein? War Skye deshalb immer unterwegs gewesen? Lenkte sie das ab?

So viele Fragen; keine Antwort. Als es langsam dämmerte machte ich mich auf den Weg nach Hause. Mein Puls raste. Ich mochte es nicht, alleine im Dunkeln zu sein. Angespannt lief ich die Strecke und sah mich dabei mehrmals um.

Ich konnte erst wieder aufatmen als ich unser Haus erblickte. In unmittelbarer Nähe tauchte ein Auto auf und hielt vor dem Nachbarhaus.

Wer das wohl war?

Der Motor des Wagens lief weiterhin, jedoch bewegte er sich nicht vom Fleck. Wahrscheinlich wartete man einfach nur auf jemanden vom Nachbarhaus.

Ich machte meine Musik leiser und lief weiter. Gleich hatte ich es geschafft. Nur an dem Wagen vorbei und dann war ich schon Zuhause.

»Hey Süße.« Ein junger Mann ließ das Fenster runter.

Ich tat so als würde ich ihn nicht bemerken, doch ich erhaschte einen Blick auf ihn. Er war etwa in meinem Alter und hatte schwarze Haare, die ihm kreuz und quer in alle Richtungen standen.

»Alex jetzt lass das arme Mädchen in Ruhe«, ertönte eine weitere Stimme.

Ich schluckte und beschleunigte meine Schritte. Das letzte was ich hörte war wie der andere ihm antwortete.

»Was kann ich dafür, wenn Noah so lange braucht, ich muss mir ja irgendwie die Zeit vertreiben.«

Mehr hörte ich nicht, denn da war ich schon durch die Tür bei mir Zuhause. Das war vielleicht ein Tag.

Nur ein bisschen Spaß
KAPITEL 7

Skye

Zwei Wochen waren vergangen. Wir hatten uns an unser neues Leben gewöhnt. Cardiff mit all' seinen traurigen aber auch schönen Momenten rückte in den Hintergrund, blieben jedoch greifbar.

Ich grinste jetzt vor mich hin. Heaven würde das nicht gefallen. Ich stürmte ohne zu Klopfen in ihr Zimmer.

Sie saß am Schreibtisch, tief über ihre Hausaufgaben gebeugt. Die braunen Haare fielen ihr wie eine Löwenmähne ins Gesicht. Sie schreckte jetzt auf.

»Kannst du nicht klopfen?«, fuhr sie mich an.

Ich winkte ab. »Komm, mach dich fertig.«

Verdutzt sah sie mich an, bis sie ahnte, was ich vorhatte. »Vergiss es. Ich erledige meine Hausaufgaben.«

»Ach jetzt komm. Das wird witzig«, versuchte ich es erneut.

»Ein anderes Mal.«

Ich zog einen Schmollmund. »Du kannst nicht ewig hier drinnen bleiben. Du bist sechzehn Heaven!«

Sie zuckte die Schultern. »Na und? Wenn du mich jetzt bitte entschuldigen würdest.« Heaven kehrte mir den Rücken zu.

»Ich glaubs ja nicht!« Ich klappte ihr das Buch vor der Nase zu.

»Hey! Was soll das?«, rief sie empört und verschränkte die Arme.

»Hab endlich Spaß. Lebe dein Leben.«

Sie schüttelte trotzig den Kopf.

»Dann nicht.« Daraufhin verließ ich ihr Zimmer. Ich verstand Heaven nicht mehr. Was war so schlimm daran ein bisschen Spaß zu haben?

Ich ging nach draußen und wartete. Die Zeit verstrich. Ich schaute zu unserem Nachbarhaus. Wer dort wohl wohnte? Seit wir hier waren, sah ich nur einmal eine zierliche Frau, die Wäsche aufhing. Ich bezweifelte, dass sie allein lebte.

Da tauchte das Auto meiner Freunde auf, denen Heaven eher skeptisch gegenüber stand.

»Hey Leute«, begrüßte ich sie als ich einstieg.

Amanda fiel mir sofort in die Arme.»Na Liebes wie geht es dir?«

»Hatte gerade Stress mit meiner Schwester«, antwortete ich und verdrehte die Augen.

Heaven konnte einem manchmal echt die Nerven rauben.

»Wieso nimmst du sie eigentlich nicht mal mit?«, mischte sich Scott ein. Ich konnte diesen Jungen nicht sonderlich leiden, doch er verstand sich mit den anderen gut, gehörte eben zum Freundeskreis dazu.

»Das habe ich vorhin ja versucht«, erwiderte ich genervt an ihn gewandt.

Er zuckte nur mit den Schultern. Dann begann er zu grinsen. »Bei mir würde sie mitkommen.«

Ich sah ihn kopfschüttelnd an. »Vergiss es.« Damit war für mich das Thema beendet.

Während der Fahrt redete ich nicht viel sondern hörte den anderen zu. Viele kannte ich noch gar nicht wirklich, doch damit hatte ich kein Problem. Hauptsache ich konnte heute Abend meinen Kopf frei kriegen.

»Wusstet ihr eigentlich, dass Alex die coolsten Hauspartys schmeißt? Die sind echt aufregend«, sagte jetzt ein Junge, der mir vorhin nicht aufgefallen war.

Er hatte schulterlange blonde Haare und ein Piercing an seiner Oberlippe. Ich biss mir auf die Unterlippe. Er sah unverschämt gut aus.

»Werden wir ja sehen«, erwiderte ich und grinste ihn an.

Als seine blaugrauen Augen auf meine trafen, hielt ich die Luft an.

»Ja das werden wir.« Er zwinkerte mir zu.

Während der restlichen Fahrt verhielt ich mich ruhig. Endlich kam der Wagen zum Stehen.

Lachend stieg Scott aus dem Auto. »Jetzt geht es los Freunde! Für heute Abend bin ich nicht erreichbar.«

Katelyn schüttelte den Kopf. »Der hat sie doch nicht mehr alle.« Ich konnte ihr da nur zustimmen. Scott war ein Fall für sich.

Laute Musik drang aus dem Haus und ein Lächeln schlich sich auf meine Lippen. Das war meine Nacht. Die Tür wurde schwungvoll geöffnet und ein gutaussehender junger Mann stand vor uns. Alex.

Er lachte.»Hey Leute! Ich war schon verwundert als ich Scott alleine reinkommen sah, aber hier seid ihr ja.«

»Wir verpassen doch keine Party von dir Alex«, sagte jetzt Katelyn und klimperte mit ihren Wimpern.

Ich verdrehte die Augen. Die konnten von mir aus flirten bis morgen früh, nur wollte ich jetzt endlich rein.

»Lässt du uns jetzt rein oder nicht?«, fragte ich ungeduldig.

Seine Augen landeten auf mir. Er blickte an mir herab, was mich nicht wunderte. Mein Kleid schmiegte sich eng an meinen Körper und betonte meine Kurven. Es reichte mir gerade bis über den Po.

»Wie heißt du meine Hübsche?«

Ich rollte mit den Augen. »Du stehst im Weg.« Er hob mahnend seinen Finger. »Freches Mundwerk, aber gefällt mir«, sagte er und trat zur Seite. »Kommt gerne rein, wir wollen ja niemanden den Spaß verderben.«

Sein Blick heftete sich wieder auf mich. Er musste schlucken als ich nah an ihm vorbei lief, was bei mir ein Lächeln auf den Lippen hinterließ.

Ich liebte diese Wirkung, die ich bei Jungs erzeugte. Wenn sie sich kaum noch unter Kontrolle hatten, die Sinne völlig benebelt waren.

Ich drängte mich in das überfüllte Haus. Jede Menge Jugendliche standen schon mit roten Pappbechern. Offensichtlich hatten sie schon ein paar Drinks.

Ich atmete den vertrauten Geruch von Alkohol ein. Oh, ja das roch nach einer fantastischen Party.

Immer, wenn die Vergangenheit mich einholen oder ich meinen Kopf frei kriegen wollte, ließ ich mich auf Partys volllaufen. So konnte ich alles wenigstens für eine Nacht vergessen.

Ich wusste, dass das auf Dauer keine Lösung war, doch für mich der einzige Weg dem Schmerz zu entfliehen.

»Leute, ich bin dann mal weg«, rief Katelyn uns über die laute Musik zu. Endlich.

Am Ende blieben nur noch Amanda, der Junge mit dem Piercing und ich übrig. Die anderen waren entweder am Tanzen oder Flirten.

»Und dann waren es nur noch Drei«, lachte Amanda und sah mich zwinkernd an.
Ich sah sie verwirrt an. Was war denn mit ihr los?

Sie schaute auf die Uhr. »Ich muss mal kurz weg, komme später wieder.«

»Wohin so eilig?«, fragte ich, doch da war sie schon weg. Die war vielleicht schräg drauf.

»Ich bin übrigens Arian«, stellte sich der Junge mit dem Piercing vor und kam mir näher.

Ich sah ihm in die Augen und lächelte. »Skye«, erwiderte ich

»Lust auf einen Shot?« Er stand nah vor mir, sodass ich ihn trotz der lauten Musik noch gut hören konnte.

Ich grinste. »Da sage ich nicht nein.«

Irgendwie hatte ich Lust so richtig abzugehen. So tranken wir einen Shot nach dem anderen, lachten und unterhielten uns viel.

Ich wusste nicht wie viel ich schon getrunken hatte, doch es fühlte sich gut an. »Noch einen bitte.«

Der Barkeeper sah mich skeptisch an. »Ich glaube du hattest schon genug.«

Ich sah ihn genervt an. »Du bist langweilig.«

Mit diesen Worten stand ich auf, was ich sofort bereute. Alles drehte sich und ich fühlte mich wie auf einem Karussell. Arian stand sofort neben mir. »Hey, alles okay?«, fragte er und sah mich an.

Ich nickte und wollte weiter laufen, dabei verlor ich fast das Gleichgewicht.

»Hoppla, ich glaube ich helfe dir lieber«, lachte Arian und stützte mich. »Du hast zu viel getrunken.«

»Stimmt gar nicht«, kicherte ich und lehnte mich an ihn. Wir kamen kaum voran.

Arian musste sich ein Grinsen verkneifen. »Du bist so langsam wie eine Schnecke, ich muss dich tragen.«

Ehe ich protestieren konnte, hob er mich hoch. Ich lehnte meinen Kopf an seine Brust und seufzte. »Du bist so warm.«

Als ich meinen Kopf hob und ihn ansah, lächelte er mich an. Er schüttelte nur den Kopf und drängelte sich mit mir im Arm nach draußen.

Gierig sog ich die frische Luft ein und merkte, dass er nicht vorhatte mich abzusetzen. Zum Glück.

Ich musterte ihn. Er sah unverschämt gut aus. Unter seinem Shirt zeichneten sich eindeutig Muskeln ab. Und diese Arme, die mich am liebsten nie wieder loslassen sollten. Sein Blick war konzentriert auf die Straße geheftet, doch jetzt wanderte er zu mir.

»Du starrst«, sagte er und ich fühlte mich ertappt.

»Hmm«, erwiderte ich verträumt. Was war los mit mir? Das lag bestimmt nur am Alkohol, dass ich komplett neben der Spur war.

Arian blieb stehen und sah mich wieder an. Seine Augen schauten in meine, dann wanderte sein Blick an meinem Körper herab. Seine Hände an meinen nackten Oberschenkel raubten mir den Verstand. Ich biss mir auf die Lippe.

Wie sich wohl seine Lippen auf meinen anfühlten?

Als hätte er meine Gedanken gehört küsste er mich. Seine Lippen fühlten sich weich an.

Ich seufzte wohlig auf und schloss die Augen. Der Kuss war federleicht dennoch spürte ich ihn.

Ich legte meine Hand an seine Brust und erwiderte seinen Kuss.

Leicht fuhr er mit seiner Zunge über meine Unterlippe und bat somit um Einlass, den ich ihm gewährte.

Lächelnd erforschte er meinen Mund und ich genoss den Moment.

Plötzlich löste er sich von mir und setzte mich ab. Ich sah ihn verwirrt an. War es etwa vorbei?

Doch dann presste mich Arian gegen eine kalte Mauer. Er küsste mich erneut, doch dieser war nicht so leidenschaftlich wie davor. Fast mit Gewalt öffnete er meinen Mund und drang mit seiner Zunge ein.

Der Kuss trotzte nur so vor Dominanz und ich unterwarf mich ihm vollkommen. Seine Hände wanderten meinen Körper entlang und ich seufzte.

»Du machst mich verrückt«, flüsterte er heiser und küsste mich erneut.

Ich wusste nicht ob es am Alkohol lag, doch ich war wie in Trance, nicht fähig denken oder sprechen zu können.

Doch eins wusste ich: Ich war Arian hilflos ausgeliefert.

Der Junge von nebenan
KAPITEL 8

Heaven

In dem Augenblick, als Skye das Zimmer verließ, klappte ich seufzend mein Buch zu.

Wieso verstand sie nicht, dass ich nichts von *ihren* Freunden hielt?

Meiner Meinung nach, hielten sie sich für brillant, aber es steckte nicht viel dahinter. Typisches Merkmal der *ganz tollen*. Mich interessierte das nicht. Ich wollte nur, dass Skye nicht so wurde.

Ich nahm meine Gitarre aus der Ecke, Stift und Block, dann ging ich runter auf die Terrasse. Nachdenklich setzte ich mich auf die Hollywoodschaukel.

Es dämmerte leicht. Ich knipste das Lämpchen über mir an und schaute in die Ferne.

Ich fing an, die ersten Akkorde zu spielen. Ich arbeitete an einen neuen Song.

Sanft zog ich an den Seiten. Mehrmals spielte ich die Akkorde. Ich sang, veränderte Sachen und fing wieder von vorne an.

Nach einer Weile schaute ich auf meinen Block. Ein Lächeln schlich sich auf meine Lippen. Ich hatte einen Text- aber für wen?

Der Ort hier in der Natur inspirierte mich. Ich begann zu spielen. Die Melodie schwebte in die Natur hinaus.

Jetzt legte ich meine Gitarre auf die Seite und genoss die warme Sommernacht.

Ich saß da, bis mir unbehaglich zumute wurde. Ich fühlte mich beobachtet. Als ich mich umschaute, konnte ich niemanden entdecken, doch das Gefühl ließ mich nicht los.

Ich legte meine Gitarre beiseite, stand auf und ging ein paar Schritte nach vorne. Ich schaute mich um und horchte. Nichts. Ich schüttelte den Kopf, schnappte mir meine Sachen und ging rein. Ehe ich die Tür hinter mir zuzog, sah ich noch mal kurz nach draußen.

Plötzlich klingelte es. Ich hielt inne. Meine Hand lag auf der Klinke. Ich bewegte mich nicht, bis es erneut schellte.

»Wer ist da?«, fragte ich zögernd und wartete auf eine Antwort. Nichts.

Sekunden, Minuten verstrichen, ehe ich die Tür einen Spalt öffnete und nach draußen lugte. Ich fuhr mir durchs Haar. Niemand war zu sehen. Nervös schloss ich die Tür und wartete kurz, ehe ich nach oben in mein Zimmer ging. Ich stellte meine Gitarre in die Ecke, dann ließ ich mich aufs Bett fallen.

Ich seufzte. Unser neues Zuhause ließ mich Cardiff nicht vergessen. Ich vermisste Cardiff, die Stadt der Kunst und Kultur- besonders aber Mum.

Um die aufkommende Erinnerung zu unterdrücken, versuchte ich mich abzulenken und fing an in meinen Sachen zu kramen, als mir das Armband in die Hand fiel, das ich zuvor abgelegt hatte. Die Erinnerung schlich jetzt doch ungewollt gefährlich heran ...

»Mum«, rief ich lachend, »hör auf.« Ich wandte mich vergebens aus ihrem Griff. »Das ist peinlich.«

»So so, peinlich?« Ich quiekte auf, als sie mich anfing zu kitzeln. »Das Geburtstagskind muss ein bisschen lächeln.«

Zum Glück kam mir Dad zur Hilfe, damit ich vor den peinlichen Blicken meiner Freunde bewahrt wurde.

»Danke.« Ich fiel ihm um den Hals. »Hab dich lieb.«

»Gerne. Ein paar schauen schon.« Er strich mir liebevoll übers Haar.

Ich lächelte. Ich vermisste Mums Nähe. Jetzt würde ich alles dafür geben, damit sie mich in den Armen hielte. Heute interessierte es mich nicht, was die anderen dachten.

Eine Träne stahl sich aus meinem Augenwinkel. Ich wischte sie weg. Vielleicht versank ich in Selbstmitleid, aber jedes Mal, wenn ich glückliche Familien sah, überrollte mich die Trauer. Weil ich wusste, dass Mum nicht zurückkam. Sie blieb fort-für immer.

Ich öffnete meine Augen. War ich eingeschlafen?

Verstohlen drangen Sonnenstrahlen durch den Vorhang.

Ich gähnte. Verschlafen rieb ich mir die Augen und schlürfte zum Fenster.

Jetzt zog ich die Vorhänge ganz zur Seite. Augenblicklich bereute ich es. Die Helligkeit blendetet mich.

Ich musste blinzeln. Mit der Zeit gewöhnte ich mich an das Licht und blickte in die wunderschöne Landschaft, von der ich jeden Tag begrüßt wurde. Mein Blick huschte zum Nachbarhaus. Ein gutaussehender Junge kam direkt auf unser Haus zu. Ich öffnete das Fenster und beugte mich vor, um ihn besser sehen zu können. Er lächelte jemanden zu.

»Heaven!« Ich zuckte zusammen. Der Blick des Jungen ging nach oben. Ich versteckte mich schnell hinter dem Vorhang.

»Was machst du da?«, fragte Skye mich, als sie mich dort entdeckte.

»Öhm- nichts? Ich habe nur mein Zimmer aufgeräumt«, stammelte ich.

Meine Zwillingsschwester schaute mich skeptisch an. Sie öffnete den Mund, um irgendetwas zu sagen, entschied sich aber anders.

»Ist egal«, meinte sie und zuckte die Schultern. »Ich wollte nur sagen, dass wir los müssen.«

Nachdem sie das Zimmer verlassen hatte, lugte ich nach draußen. Der Junge war weg. Ich seufzte.

Seit jenem Tag beobachtete ich ihn heimlich. Jedes Mal, wenn er in meine Richtung schaute, versteckte ich mich. Aber selbst, wenn ich nur auf der Terrasse saß, musste ich an ihn denken.

Er wurde meine Inspiration in der Musik. Ich fing an, Lieder über ihn zu schreiben. Niemand sollte es erfahren.

Ich wusste nichts über ihn, kannte nicht mal seinen Namen aber ... er blieb mein kleines Geheimnis.

Ein kostbares Geheimnis.

Peinlich...
KAPITEL 9

Skye

»Erde an Heaven?« Ich schnippte mit meinen Fingern vor ihrem Gesicht.

»Hm?«, fragte sie und lächelte weiterhin verträumt vor sich hin.

Ich schüttelte den Kopf. »Du hörst mir nicht zu.«

»Sorry. Ich war nur kurz in Gedanken«, entschuldigte sie sich.

Ich blieb jetzt stehen. »Du träumst oft vor dich hin.« Ich verschränkte die Arme vor der Brust.

Ständig war sie in Gedanken, dabei hatte sie immer dieses geheimnisvolle Lächeln im Gesicht. Was verschwieg sie mir bloß?

»Ich habe viele Ideen für Lieder«, antwortete sie jetzt. Sie schaute mich unschuldig an.

Ich hob eine Augenbraue. »Das glaubst du ja selber nicht.« Ich sah kurz, wie sich eine Denkfalte auf ihrer Stirn bildete.

»Schon verstanden. Ich lass dich mit meiner Fragerei in Ruhe.« Ich hatte keine Lust, mir ihre Ausrede anzuhören.

»Gib mir nur das Gefühl, dass ich keine Selbstgespräche führe«, sagte ich stattdessen.

Heaven nickte leicht.

Ich lächelte jetzt. »Lust auf eine Abkühlung?«

Sie fing an zu grinsen. Kurz darauf rannten wir im Garten umher. Ich schmiss ein paar Wasserbomben nach Heaven.

»Hey!« Sie schmollte leicht, als mit der Nächsten auf sie zielte.

»Na warte!«, lachte sie und schmiss eine prall gefüllte Bombe nach mir. Ich bückte mich rechtzeitig. Die Person hinter mir nicht. Sie war überraschend aufgetaucht.

Jetzt stand er da- mit nassen Haaren. Heaven schlug die Hand vor den Mund und sah den Jungen mit großen Augen an. Der Junge mit den wilden Locken kam jetzt direkt auf uns zu. Er kämpfte sich durch die Hecke. Sein Blick fiel auf Heaven, woraufhin sie beschämt auf den Boden sah.

Wir schauten uns alle an. Nichts passierte, ehe ein leichtes Lächeln auf seinem Gesicht erschien.

»Nächstes Mal passt auf, wen ihr trefft. Es erwischt euch sonst schlimm«, ertönte jetzt seine raue Stimme.

Ich hatte fast vergessen, dass neben uns Menschen wohnten. So oft hatten wir die Nachbarn nicht gesehen.

Ich rollte mit den Augen. »Ist nur ein bisschen Wasser, macht doch nichts.« Der sollte sich mal nicht so anstellen.

Ich spürte seinen Blick auf mir. Er sagte nichts. Stille.

»Diese Stille ist ja kaum auszuhalten...«, murmelte Heaven ganz leise, doch ich hatte sie trotzdem gehört.

Was sollte ich denn machen? Dieser Typ stand doch in unserem Garten, nicht wir in seinem.

»Ich würde an deiner Stelle kein weißes Shirt während einer Wasserbombenschlacht tragen«, grinste er. »Es gibt zwar nichts an dem Anblick auszusetzen, jedoch bezweifle ich, dass du so rumlaufen möchtest. « Der Junge zwinkerte Heaven zu.

Meine Zwillingsschwester lief rot wie eine Tomate an und starrte ihn erschrocken an. Dann sah sie an sich herab.

Sie war vollkommen durchnässt. Ihr Shirt klebte tatsächlich an ihrem Oberkörper und war durchsichtig. Der kurzen Sporthose erging es nicht besser.

Ich konnte es nicht länger aushalten. Sie tat mir irgendwie leid, weil dieser Junge sie so bloß stellte. Das war nicht fair. Ich wollte gerade eingreifen, da kam mir Heaven schon zuvor.

»Du musst ja nicht hinschauen Noah«, erwiderte sie mutig und streckte ihr Kinn nach vorne.

Überrascht sah ich sie an. Diese selbstbewusste Seite von ihr vor Jungs kannte ich noch gar nicht. Doch viel mehr wunderte es mich, woher sie seinen Namen wusste.

Noah sah sie überrascht an und musste sich kurz sammeln. »Ich muss dann leider los, man sieht sich«, verabschiedete er sich und sah dabei Heaven an.

Sein Blick wanderte von ihren Augen über die Nase bis zu ihren Mund hin. Dann drehte er sich um. Mit nassen Haaren ging er aufs Haus zu.

Was war das denn eben? Kaum war er weg, durchbohrte ich Heaven mit meinem Blick.

»Was? Du kennst ihn?«, fragte ich sie neugierig. Ich hielt es nicht länger aus, wollte wissen wer er war.

Heaven schaute gebannt auf die Tür, hinter der Noah verschwunden war. Es war als würde ich gegen die Wand reden, es würde nämlich nie eine Antwort kommen.

»Hey, ich rede mit dir!« Ich schnippte mit meinem Finger vor ihrem Gesicht.

Endlich sah sie mich an. »Hm?«

»Woher kennst du Noah?« Ich ließ sie keine Sekunde aus den Augen. Sie würde nicht eher gehen, bis ich mit ihrer Antwort zufrieden war.

Sie biss sich auf die Lippe und senkte den Blick. Ihr war es unangenehm. Lange sagte sie nichts, bis sie sich doch überwand es mir zu sagen.

»Ich hab ihn beobachtet«, flüsterte sie leise. »Schon seitdem wir hier eingezogen sind…

erinnerst du dich an dem Tag, als du mich hinter dem Vorhang in meinem Zimmer erwischt hast?«

Ich nickte.

»Ich hab dich angelogen, da habe ich nämlich nicht mein Zimmer aufgeräumt. Ich hab Noah beobachtet«, sagte sie und strich sich nervös eine Haarsträhne hinters Ohr.

Warum hatte ich nicht gemerkt, dass meine Schwester völlig in einen Jungen verschossen war? Und das auch noch in den Nachbarsjungen.

»Ich bin ehrlich… ich wusste in dem Moment, dass du mir etwas verschweigst, nur wollte ich dich nicht mit meinen Fragen nerven. Warst du eigentlich deshalb immer so abwesend?«

»Ja...«, gab Heaven kleinlaut zu.

Wie süß war das denn! Sie dachte ja nur noch an ihn.

»Das war also das Geheimnis?« Zur Antwort bekam ich ein Nicken von ihr. »Ich muss sagen. Heiß ist er schon«, neckte ich sie.

Sie lief rot an. Peinlich...

Erstes Aufeinandertreffen
KAPITEL 10

Heaven

Noahs Lachen zog mich in den Bann. Ich wünschte, dass Lächeln würde mir gelten.

Seitdem wir hier wohnten, beobachtete ich Noah heimlich. Zwei Jahre waren vergangen, ohne das wir uns näher gekommen waren. Jeder lebte für sich.

Er kam den Weg entlang und sah mich auf der Terrasse sitzen. Ich saß alleine auf der Hollywoodschaukel. Nur ich und meine Gitarre.

Ich senkte meinen Blick und zupfte leicht an den Saiten.

Er stand scheinbar unschlüssig da, dann hörte ich seine Schritte näher kommen. Ich schaute nach unten und dachte was passiert jetzt? Mein Herz klopfte wie wild.

»Hey!« Ich sah braune Schuhe vor mir.

Langsam hob ich den Blick und schaute in grüne Augen. Meine Hände begannen vor Nervosität zu schwitzen.

Ich hatte Angst, die Gitarre würde mir runterrutschen.

»Wir sind solange Nachbarn … ähm … mein Name ist Noah.« Er lächelte und vergrub die Hände in den Hosentaschen.

Diese Grübchen. Das sah verdammt süß an ihm aus … Ich schüttelte den Gedanken ab und sah ihn schüchtern an.

»Heaven«, antwortete ich leise.

»Du spielst gut.« Er sah auf meinen Block hinunter, auf die ersten Notizen meines neuen Songs. Jetzt schämte ich ich mich, dass ich nicht sorgfältiger war.

»Ist das von dir?«, fragte er und sah mir kurz in die Augen. Augen, die einem die Sinne benebeln konnten …

Ich räusperte mich und nickte.

Er lächelte leicht. »Darf ich mal sehen?«

Ich sah ihn erstmal erstaunt an, dann auf meinen Notizblock. Ich zögerte.

Ich öffnete den Mund, da kam er mir zuvor.

»Sorry. Wir kennen uns nicht und ich frage dich nach Persönlichem.« Er scharrte verlegen mit dem Fuß auf dem Boden. Noah brachte mich mit seiner Art um den Verstand.

»Es ist nur … sie sind schlecht.«

Na gut, nicht schlecht, aber auch nicht perfekt. Das Problem bestand eher darin, dass der Text von ihm handelte.

Wollte ich, dass er meine Gefühle für ihn las? Er konnte es nicht wissen, doch sie gehörten zu mir ...

Noahs Stimme riss mich aus den Gedanken.

»Sind sie nicht.« Es herrschte kurz Stille. »Darf ich?« Er wies auf den Platz neben mir.

Ich zuckte die Schultern. Kurz darauf spürte ich wie er sich neben mich setzte. Die Schaukel kam leicht ins Schwanken. Ich war mir seiner Nähe deutlich bewusst und das machte mich nur noch nervöser.

Er schaute auf meine Notizen, hob den Blick und sah mich intensiv an. Ich wusste, er wollte sie sehen. Ergeben nickte ich leicht. Da war es wieder. Noahs Lächeln.

Er griff nach dem Block und begann zu lesen. Ich lauschte ihm und schloss die Augen. Es war wunderschön seiner warmen Stimme zu zuhören und verwirrend. Er las, was ich über ihn geschrieben hatte.

»Das ist mehr als gut«, hauchte er.

Ich schreckte auf und öffnete meine Augen. Ich hatte nicht gemerkt, dass er geendet hatte.

»Danke.« Ich lächelte ihn schüchtern an.

»Über wen schreibst du?« Neugierig huschten die grünen Augen über mein Gesicht.

Ich schluckte. Die Frage fürchtete ich, seit ich ihn zum ersten Mal gesehen hatte.

Noah merkte, dass er keine Antwort auf diese Frage bekommen würde. »Ist okay.«

Dankbar sah ich ihn an.

»Spielst du mir was vor?«, fragte er vorsichtig und zeigte auf einen Song. Mein Lieblingstext über ihn.

Zögernd griff ich nach meiner Gitarre. Ich hatte noch nie vor anderen gespielt, außer vor meinen Eltern und Skye.

»Bitte«, flehte er mich an.

Ich gab den grünen Augen nach, atmete tief aus und schloss meine Augen. Zögernd ließ ich meine Fingerspitzen den Saiten entlang fahren.

Den Song spielte ich oft. Leise erklangen die Akkorde. Ich zögerte den Anfang hinaus und begann dann leise zu singen. Meine Anspannung war verschwunden. Ich ließ mich einfach fallen.

Nicht geplant
KAPITEL 11

Heaven

Seit jenem Tag, an dem Noah auf der Terrasse erschienen war, um mir zu zuhören, entstand eine geheimnisvolle vertraute Freundschaft.

Wir wuchsen immer stärker zusammen. Ich seufzte, als ich unsere Bilder in dem Album betrachtete.

Jahre flogen vorbei. Mittlerweile war ich zwanzig. Es erschreckte mich, dass ich erwachsen war.

Das Teenagerleben war endgültig vorbei. Kopfschüttelnd klappte ich das Fotoalbum zu und ging nach unten.

»Dad? Rate mal was für Neuigkeiten es gibt«, rief Skye begeistert. Als sie mich sah, fiel sie mir um den Hals.

»Was ist hier los?« Ich sah Dad fragend an. Er zuckte nur mit den Schultern. Mein Blick blieb an Skye hängen.

Sie grinste mich übertrieben an. »Stell dir vor, wir dürfen bei der Party eines Freundes vorspielen!«

Mir klappte die Kinnlade runter. Vor Publikum spielen?

»Ich schätze das-«

Sie unterbrach mich mit einer Handbewegung. »Das wird fantastisch! Es ist schon heute Abend ...«

Ich hörte nicht mehr zu. Heute Abend? Das konnte ja wohl nicht ihr Ernst sein!

»... unser erstes echtes Publikum«, beendete sie ihre Rede.

Ich hob die Hände. »Wer sagt denn, dass ich spiele?«

Sie sah mich fragend an, dann fing sie an zu grinsen. »Noah wird dort sein.«

Sie wusste, dass sie mich damit überzeugt hatte. Ich hatte alles versucht, meine Gefühle für Noah vor ihr geheim zu halten. Doch meine Schwester kannte mich bedauerlicherweise zu gut.

Ich schielte zur Seite. Dad hantierte in der Küche herum. Entweder täuschte er vor nicht zu zuhören oder er war tatsächlich mit den Essensvorbereitungen beschäftigt und bekam nichts von unserem Gespräch mit. Ich hoffte auf Letzteres.

Ich fuhr mir durch meine Haare und sah aus dem Fenster. Plötzlich erblickte ich Noah. Ein Lächeln umspielte meine Lippen.

»Was?« Ich schreckte auf, als ich Skyes Stimme vernahm.

»Nichts.« Ich wandte mich ab und sah sie unschuldig an.

»Natürlich«, spottete sie. »Es geht um Noah, stimmt's?«

»Was weißt du schon?« Ich kniff die Augenbrauen zusammen.

»Dass du für ihn schwärmst?«, rief sie. Ich hielt ihr die Hand vor den Mund, ehe ich zu Dad schaute. Er schnitt seelenruhig das Gemüse.

»Dad muss nicht Wind davon bekommen«, schnaubte ich ihr leise zu.

Sie verdrehte die Augen. »Okay.« Dankend sah ich sie an.

»Nichts zu danken. Ich freue mich auf heute Abend!« Sie zwinkerte mir wissend zu, ehe sie trällernd davon ging.

Meine Schwester Skye: Unmöglich wie eh und je.

Ich ging in die Küche. »Kann ich dir vielleicht irgendwie helfen Dad?«

»Das ist lieb von dir Mäuschen, könntest du den Tisch für vier decken?«, antwortete er. Dabei hatte er ein leichtes Lächeln auf seinen Lippen.

»Für vier?«, fragte ich ihn verwundert. Hatte ich etwas verpasst?

Dad hielt inne und legte das Messer beiseite, dann drehte er sich zu mir und sah mich an. »Wir kriegen Besuch.«

Stille. Niemand sagte etwas.

»Oh… du hast jemanden kennengelernt?«
Dad nickte zur Antwort. Er sah mich unsicher an, wartete auf meine Reaktion. Ich blieb still, dann räusperte ich mich.

»Wenn du glücklich bist, dann bin ich es auch.«
Er atmete erleichtert tief aus. »Danke Heaven.«
Ich umarmte ihn fest. »Ich freue mich schon sie kennenzulernen.«

Jammernd kam Skye in die Küche. »Wie lange dauert das Essen denn noch?« , fragte sie ungeduldig, verstummte aber gleich darauf als sie Dad und mich eng umschlungen sah.

»Ist was passiert, wovon ich wissen sollte?« Ihr Blick huschte zwischen Dad und mir hin und her.

»Dad hat jemanden kennengelernt«, antwortete ich und beobachtete angespannt Skyes Reaktion. Mit großen Augen sah sie mich an und blieb ruhig. Nach einer Weile löste sie sich aus der Starre.

»Uhh Dad hat eine Freundin wie süß«, rief sie und kicherte. Typisch Skye. Ich rollte mit den Augen.

Dad lief rot an. Ihm war es unangenehm, das konnte ich deutlich spüren.

Die Neuigkeit kam unerwartet, aber solange Dad glücklich war, dann war ich das auch. Er hatte es verdient.

»Wir helfen dir bei der Vorbereitung«, sagte ich und zwinkerte Dad zu.

»Danke meine Mäuschen.«
Ein paar Minuten später hantierten wir alle drei in der Küche herum, um das perfekte Mittagessen

für die Unbekannte vorzubereiten. Die, die Dad das Herz gestohlen hatte.

»Wann hast du das letzte Mal bitte eine Soße gemacht?«, beschwerte sich Skye und sah kritisch auf mein Werk.

Was war denn bitte ihr Problem? Sie bemerkte meinen verwirrten Blick.

»Das fragst du noch? Du hast die Toppings komplett vergessen«, erwiderte sie entrüstet.

Das war doch nicht ihr Ernst. Ich konnte mir ein Lachen nicht verkneifen.

»Sehr witzig«, brummte sie und besserte die Soße auf. »Voilá, jetzt ist alles fertig.«

Plötzlich klingelte es an der Tür. Dad sah sich nervös um, ehe sein Blick an uns hängen blieb.

»Na los, wir räumen das Durcheinander schnell weg.« Ich bugsierte ihn aus der Küche, dann drehte ich mich zu Skye um.

»Hast du gesehen wie nervös er war? Dad ist nie nervös, du weißt was das bedeutet?« Ich räumte die Sachen die wir nicht mehr brauchten in die Spülmaschine.

»Er ist total verschossen«, beantwortete Skye grinsend meine Frage.

Wir lauschten. Dad und dann eine Frauenstimme.

»Schön das du da bist. Du siehst bezaubernd aus Georgina.«

»Ach Luke, da werde ich ja rot.«

Ich sah traurig zu Skye. Es war seltsam Dad mit einer anderen Frau so zu sehen aber auf der anderen Seite war er glücklich…

Skye strich mir beruhigend über die Schulter.

Ich stieß einen langen Seufzer aus. Zeit, das war was ich jetzt brauchte. Eine neue Frau an Dads Seite? Für mich zur Zeit unvorstellbar. Wie sie wohl war?

Vielleicht urteilte ich ja auch zu schnell… einfach abwarten.

»Komm doch gerne rein, ich stelle dir meine Töchter vor«, ertönte Dads Stimme.

Schritte. Sie strich sich nervös ihr Kleid glatt. Dann stand sie vor uns. Sie lächelte uns freundlich an.

»Ihr seid bestimmt Heaven und Skye. Euer Dad hat viel von euch erzählt.« Sie nahm uns nacheinander kurz in den Arm. »Ich bin Georgina, freut mich euch endlich kennenzulernen.«

Unsicher sah ich zu ihr. Sie schien eigentlich ganz nett zu sein und irgendwie kam sie mir bekannt vor. Woher wohl?

»Hallo Georgina, schön das sie da sind«, ergriff Skye als erste das Gespräch. »Sie kommen gerade richtig, das Essen ist bereits fertig.«

Georgina lächelte. »Das wäre doch nicht nötig gewesen, ich wollte nur kurz vorbeikommen.«

Skye zeigte auf den Küchentisch. »Ach, setzen sie sich doch bitte.«

Stumm folgte ich den anderen. Das kann vielleicht was werden… dachte ich.

Während der Mahlzeit blieb ich eher im Hintergrund und sagte nicht viel, stattdessen stocherte ich lustlos in meinem Essen herum.

Skye stieß mich mit ihrem Bein unter dem Tisch an. Ich hob den Blick von meinem Teller, aus dem ich kaum etwas gegessen hatte und sah sie verwirrt an.

Mit ihrem Blick gab sie mir zu verstehen, dass ich mich an den Gesprächen am Tisch mit einbringen sollte.

Das war doch nicht ihr Ernst! Wieso verstand sie nicht, dass ich keine Lust hatte. Sie sah mich bittend an und ich gab nach.

»Wie haben sie sich denn eigentlich kennengelernt?«, fragte ich und tat ein bisschen mehr von dem Nudelauflauf auf meinem Teller.

Georgina schaute mich glücklich an. »Auf der Arbeit, euer Dad war ein richtiger Charmeur.«

Skye lachte, als Dad rot anlief. Selbst ich musste grinsen. Ihm war deutlich anzusehen, dass es ihm mehr als peinlich war.

»Dad, davon wussten wir ja überhaupt nichts«, sagte Skye und zwinkerte ihm zu.

»Nebenbei habe ich im Restaurant Orso gearbeitet«, kam Georgina Dad zuvor.

Ich starrte sie an. Plötzlich machte es *klick*. Ich wusste doch, dass ich sie von irgendwoher kannte. Diese Frau hatte uns an dem Tag bedient, als wir frisch hierher gezogen waren. Schon damals hatte sie mit Dad geflirtet.

»Ja, das kann gut sein«, antwortete ich bloß und warf einen Blick auf meine Uhr. Viertel nach sechs. Mir war gar nicht aufgefallen, dass wir schon so lange am Tisch saßen.

Ich stand vom Tisch auf. »Wir müssen uns dann langsam auf dem Weg machen und noch paar Vorbereitungen erledigen.«

»Oh wohin geht es denn?«Georgina sah uns verwirrt an.

Dad bemerkte es und wollte sie gerade aufklären, da kam ihm Skye zuvor.

»Wir spielen das aller erste Mal vor Publikum«, antwortete Skye stolz mit einem Lächeln.

Georgina sah uns begeistert an und ihre Augen funkelten vor Aufregung. »Ich wusste gar nicht, dass ihr musikalisch begabt seid. Das hört sich jedenfalls toll an! Dann drücke ich euch mal die Däumchen.«

»Danke Georgina«, bedankte sich Skye freundlich.

»Viel Glück für heute Abend, ihr schafft das, meine Mäuschen«, rief uns Dad hinterher, dann fiel die Haustür ins Schloss.

Meine Hände zitterten vor Nervosität. Jetzt ging es los.

Bis zum frühen Morgen
KAPITEL 12

Skye

Erschöpft setzte ich mich hin. Kein einziges Mal glaubte ich, dass unsere Musik positiv ankommen würde.

»Unglaublich«, murmelte Heaven vor sich hin, als sie an die begeisterten Partygäste dachte. Sie konnte es immer noch nicht fassen.

»Fantastische Show«, lächelte mich ein Mädchen mit blonden Haaren jetzt an.

»Danke.«

Sie winkte ab. »Was dagegen, wenn ich mich mit ein paar Freunden zu euch setze?«

Ich zuckte die Schultern. »Klar.« Kurz darauf saßen wir zusammen rund um das Lagerfeuer versammelt.

Nur ein *paar* Freunde waren das nicht- aber dafür gab es wenigstens Marshmallows.

Ich grinste und biss ein Stück ab. Ich fühlte mich endlich wohl. Ich sah mich um. Jeder war wunschlos glücklich. Alle amüsierten sich. Ich langte nach dem mittlerweile letzten Marshmallow, spießte ihn auf einen Stock auf und hielt ihn ins Feuer.

Ich musste grinsen, als neben mir ein Junge in die Tüte griff. Seinen Namen hatte ich vergessen.

Als er merkte, dass er ins Leere griff, sah er instinktiv zu mir. Ich grinste ihn provozierend an.

Er verzog leicht den Mund. »War ja klar«, grummelte er. Ich musste mir das Lachen verkneifen.

»Hier, damit du nicht verhungerst«, bot ich an und hielt ihm die Hälfte meines Marshmallows hin.

Er zog eine Augenbraue hoch und schien zu überlegen. Kurz darauf schnappte er sich den Stock, vor lauter Angst, dass ich ihn wegziehen würde.

Er grinste triumphierend und schob sich das letzte Stück von meinem Marshmallow genüsslich in den Mund.

Ich schüttelte den Kopf und bemerkte, dass es schon wieder dämmerte. Die meisten waren bereits gegangen. Wir waren so ziemlich die letzten Gäste.

Wir saßen um das Lagerfeuer. Ich genoss die morgendliche Stimmung, während ich den Gesprächen lauschte.

»… und dann hast du dich hingelegt«, lachte ein Junge gerade seinen Kumpel aus.

Ich schüttelte belustigt den Kopf. Ich sah zu Heaven, die stillschweigend irgendwohin schaute.

Ich folgte ihrem Blick. Noah. Er verabschiedete sich gerade von ein paar Freunden.

»Geh zu ihm hin.«

Sie zuckte kurz zusammen und sah mich jetzt an. Resigniert schüttelte sie den Kopf.

»Wieso?«

Ich verstand nicht, warum sie nicht zu ihm ging. Noch während ich nachdachte, kam mir eine brillante Idee.

»Noah!«, rief ich unbekümmert und ignorierte ihre entsetzten Blicke.

»Ich will nicht, das er es erfährt«, versuchte Heaven mich, von meinem Vorhaben abzubringen.

»Ach komm.«

Sie wusste, dass es sich nicht lohnte, darüber zu diskutieren, da Noah jetzt auf uns zukam. Ich sah Heaven schlucken. Sie rieb sich nervös die Hände.

»Hey!« Er nickte mir kurz zu, ehe er Heaven mit dem strahlendsten Lächeln, das die Welt je gesehen hatte ansah.

»Hi Noah. Setz dich.« Ich rutschte zur Seite, damit er sich neben Heaven setzen konnte.

»Hi ...«, nuschelte Heaven verlegen und hielt ihren Blick gesenkt.

Ich grinste vielsagend.

»Euer Auftritt vorhin war der Wahnsinn«, lobte er und sah Heaven an. Er versuchte vergeblich, Blickkontakt mit ihr aufzunehmen.

Was war passiert? Heaven war auf der Bühne durch den Wind gewesen. Sie hatte sich mehrmals versungen. Ich war ihrem Blick gefolgt. Klar, Heaven hatte nur noch Augen für Noah.

»Zeit für Gruselgeschichten?«, fragte der Blondhaarige jetzt. Ich nannte ihn den Marshmallow-Jungen, da mir sein Name immer noch nicht eingefallen war. Fragen wollte ich nicht. Alle waren dafür. Der Junge nahm sich eine Taschenlampe. Er legte den Zeigefinger auf die Lippen, wartete bis alle verstummten. Ein paar Gäste gingen, wahrscheinlich weil sie sich fürchteten.

Jetzt richteten sich nur noch sechs Augenpaare auf den Blondhaarigen.

Er hielt die Taschenlampe unter das Kinn und fing an: »Eine Legende erzählt von einem Mädchen, das mit ihrem Vater in einem Dorf lebte. Sie waren bettelarm. Das Mädchen trug zerrissene und verdreckte Kleidung. Da ihr Vater bettlägrig war, blieb alles an dem Mädchen hängen. Eines Tages sammelte sie draußen im Wald Vorrat für den Winter. Das Mädchen war in das Sammeln von Pilzen und Kräutern vertieft, so merkte sie nicht, dass es anfing zu dämmern. Bald brach die Nacht herein. Die Tiere legten sich schlafen. Sie begab sich auf den Weg nach Hause, da bemerkte sie ein Leuchten. Es schwankte hin und her. Es schien, als wenn jemand eine Lampe in der Hand hielt. Neugierig folgte sie dem Licht, bis sie an einer Hütte stehen blieb.« Er senkte bedeutungsvoll seine Stimme. »Ein Knacken im Unterholz ließ das

Mädchen herumfahren ... Buh!« Alle schreckten zusammen.

Der Marshmallow-Junge lachte. »Angsthasen.«

Alle stritten es ab. Er lächelte nur triumphierend.

»Hab ich dich erschrocken?« Er schaute jetzt grinsend zu mir. Ich bemerkte, dass ich mich an ihn geklammert hatte. Ich rutschte jetzt von ihm weg.

»Erschreckt?«, lachte ich. »Sollte das etwa gruselig sein?«

Innerlich starb ich vor Angst. Den restlichen Morgen saß ich nur stumm da. Schon beim kleinsten Geräusch zuckte ich zusammen. Immer wieder musste ich an die Geschichte denken, die der Marshmallow-Junge erzählt hatte.

Zusammengekauert saß ich da und versuchte unauffällig zu bleiben. Keiner sollte merken, wie angespannt ich war.

»Wieso sagst du nichts?« Der Marshmallow-Junge sah mich besorgt an. Ich zuckte die Schultern.

»Du brauchst keine Angst zu haben.« Er legte vorsichtig seinen Arm um meine Schulter.

Empört schlug ich die Hand weg. »Deine Geschichte gruselt mich nicht im Geringsten.«

Er zog belustigt die Augenbraue hoch. »Dafür wirkst du aber ziemlich genervt.«

Ich rollte mit den Augen und wandte mich von ihm ab. Ich lauschte den Geschichten der anderen.

Mein Kopf schwirrte allmählich vor lauter Gruselgeschichten.

»Du bist stur, weißt du das?« Ich schaute zu ihm hin.

»Und?«

Er seufzte enttäuscht. »Du willst nichts mit mir zu tun haben.«

Ich sagte nichts. Wir starrten in das züngelnde Feuer und lauschten dem Knistern.

Fühlt er es auch?
KAPITEL 13

Heaven

»Hey!« Ein Stein krachte gegen das Fenster.

Welcher Idiot ...? Ich klappte meinen Laptop zu und stand auf. Noah.

Ich schaute kurz zur Zimmertür, ehe ich das Fenster öffnete. Sofort stieg mir ein vertrauter Geruch in die Nase. Er roch ein wenig nach Aftershave und Pfefferminze und es brachte mich wie immer komplett aus der Bahn.

»Was machst du hier?!«, zischte ich ihn an. Statt einer Antwort stieg er durchs Fenster ins Zimmer. Panisch schaute ich zur Tür. Wenn Dad jetzt reinkäme, entstünde eine heikle Situation.

Ich lehnte meine Stirn gegen die kalte Fensterscheibe. Um mich zu beruhigen zählte ich von zehn runter.

Seufzend drehte ich mich um. Abwartend sah ich ihn an.

Noah machte es sich auf meinem Bett bequem. Jetzt schaute er mich an. »Ich kann nicht schlafen.«

»Und darum habe ich mein kuscheliges Bett verlassen?« Er zuckte die Schultern.

Kopfschüttelnd kroch ich unter die Decke, klappte den Laptop wieder auf und stöpselte mir die Kopfhörer in die Ohren. Ich ignorierte die Tatsache, dass Noah spätabends in meinem Bett lag, obwohl...

Ich schreckte auf, als er mir die Kopfhörer raus zog. »Was guckst du dir da an?«

So kam es, dass wir uns mitten in der Nacht gemeinsam einen Film ansahen. Irgendwann fielen mir die Augen zu. Ich spürte noch, wie Noah den Laptop zuklappte und mich zudeckte.

»Gute Nacht, Heaven«, hauchte er.

»Aufwachen!« Jemand entriss mir die Decke und zog die Jalousien hoch. Grummelnd verkroch ich mich wieder in mein Bett.

»Steh auf. Wir fahren übers Wochenende zu Grandma. Schon vergessen?«

Sofort war ich hellwach. Grandma? Das letzte Mal hatten wir sie auf Mums Beerdigung gesehen. Ich sprang in aller Eile aus dem Bett, beinahe hätte ich mich in der Bettdecke verheddert.

»Heaven, mach mal halblang«, lachte Skye. Ich kehrte ihr den Rücken zu und schaute auf mein Bett.

»Wo ist Noah?«, fragte ich leise in Gedanken versunken. Hatte ich mir das alles nur eingebildet?

»Noah?«, fragte Skye skeptisch. »Was hat Noah *hier* zu suchen?«

Ich beachtete sie nicht, schnappte mir meine Sachen und verschwand im Bad.

Ich dachte nicht zum ersten Mal an gestern, als Noah in mein Zimmer gestiegen war. Seltsam.

Mit achtzehn hatten wir noch viel herumgealbert. Jetzt merkte ich eine unbestimmte Veränderung.

Skye hämmerte an der Tür. Ich schreckte auf.

»Beeil dich!«, rief sie ungeduldig. Ich verdrehte die Augen und öffnete die Tür.

»Wurde Zeit«, brummte Skye.

»Jetzt übertreib nicht«, lachte ich, wuschelte ihr über den Kopf. Sie warf mir einen Todesblick zu. Ich hob die Hände in die Höhe. Ein letzter Blick in mein Zimmer. Ich war schon fast draußen, als ich innehielt. Was war das am Fenster?

Ich ließ von der Türklinke ab und ging zurück. Ein weißer Zettel hing an der Scheibe. Ich riss ihn ab und faltete ihn auseinander:

Guck unter dein Kissen. Die "Zahnfee" war da.

Noah

Stirnrunzelnd schaute ich zu Noahs Fenster herüber. Er hatte mich beobachtet. Er grinste jetzt. Ich schüttelte lächelnd den Kopf. Jetzt sah ich unter dem Kissen nach und fand meine Lieblingsschokolade.

Hüpfend ging ich zum Fenster. Ich formte mit den Lippen ein "Danke". Er lachte nur belustigt.

Ich wollte mich schon umdrehen, als ein Papierflieger in mein Zimmer flog. Ich bückte mich und hob ihn auf.

Morgen Sonnenschein. Na gut geschlafen? Heute
schon was vor?
Noah

Ich musste lächeln und probierte ebenfalls eine Flugpost zu schicken. Schmollend sah ich zu ihm, weil ich es nicht auf die Reihe bekam. Schulterzuckend legte er den Kopf schief.

Er musterte mich, ehe er aus dem Fenster auf das Dach stieg und jetzt zu mir rüberkam.

»Wo bleibt dein Verstand? Du verletzt dich noch«, fuhr ich ihn panisch an.

Er hielt mir die Hand vor den Mund. »Musst du ein Drama daraus machen?«

Er schwang sich wie am Abend zuvor lässig in mein Zimmer. »Lust was zu unternehmen?«, fragte er.

Ich räusperte mich. »Ich bin übers Wochenende mit Skye und Dad bei Grandma.«

Er hörte auf, sich auf dem Drehstuhl zu drehen. »Das sagst du mir einen Tag davor?«

Ich setzte mich zögernd auf mein Bett. »Um ehrlich zu sein ... wir fahren jetzt gleich los.«

Er sah mich mit großen Augen an. »Was?!«, rief er.

Ich wollte was erwidern, als sich die Türklinke nach unten bewegte. Panik bereitete sich in mir aus. Ich zerrte Noah zu meinem Schrank.

»Sorry. Mach bitte keinen Mucks.« Ich schaute ihm prüfend in die Augen, bis er nickte.

Ich zog die Schranktür zu, warf mich auf mein Bett und griff nach dem Laptop. Kurz darauf kam Skye mit nassen Haaren ins Zimmer.

»Mit wem redest du?«, fragte sie mich und trocknete ihre Haare mit einem Handtuch.

»Mit niemanden«, gab ich unschuldig von mir. Sie sah sich skeptisch im Zimmer um.

»Komisch. Ich hätte schwören können Stimmen zu hören.« Sie schüttelte den Kopf. »Ich bin gleich wieder weg, ich brauch nur mein Shirt zurück.«

Sie hielt direkt auf den Schrank zu. Ich legte den Laptop zur Seite und sprang auf. »Klar.«
Ich versperrte ihr den Weg und wühlte im Schrank herum. Noahs Nähe war mir deutlich bewusst. Ich sah ihn grinsen, woraufhin ich ihn warnend ansah. Wehe, er würde jetzt irgendetwas sagen.

»Bitte«, sagte ich, als ich das gute Stück gefunden hatte. Dann schob ich sie rückwärts aus dem Zimmer.

»Wenn du mich jetzt entschuldigst.« Damit schlug ich ihr die Tür vor der Nase zu.

Ihre Schritte entfernten sich. Ich atmete durch, ehe ich zum Kleiderschrank ging und ihn öffnete.

»Endlich. Es ist verdammt unbequem hier.« Stöhnend stieg Noah aus dem Schrank und streckte sich jetzt.

»Hör auf zu schmollen.«

»Du bist gemein«, zog er mich auf.

Ich ging nicht drauf ein. »Komm, geh jetzt. Das war knapp. Ich will nicht, dass du erwischt wirst.«

»Wir tun nichts Verbotenes. Wir sind nur Freunde.«

Ich rollte mit den Augen und bugsierte ihn zum Fenster.

»Du kannst echt den Mund nicht halten«, bemerkte ich und verschränkte die Arme.

Er lächelte. »Na, wir sehen uns ja in ein paar Tagen.«

Ich nickte leicht. Er umarmte mich. Ich legte meine Arme um ihn.

Ich wollte ihn am Liebsten nicht mehr loslassen. Er bedeutete mir viel.

Ehrlich gesagt, hatte ich mich in ihn verliebt, doch er sah in mir nur eine gute Freundin. Ich hätte es ihm sagen sollen, aber die Angst vor seiner Reaktion hinderte mich daran.

Ich ärgerte mich über mich selbst. Ich schloss die Augen und genoss die Umarmung, bis er sich löste.

Gut, wir waren freundschaftlich verbunden und haben viele Dinge gemeinsam unternommen. Vor allem war ich immer in seiner Nähe.

Wie würde er reagieren, wenn ich ihm jetzt meine Liebe gestand? Würde er sich abwenden? Mein Gefühlsleben war ziemlich durcheinander geraten. Mist….

»Stell nichts Dummes an«, sagte er und strich mir langsam über meinen Arm. Dabei schaute er mir intensiv in die Augen. Eine Gänsehaut überzog meinen Körper. Ich schluckte.

Noah, wieso bin ich nur so verrückt nach dir?

Ich biss mir unbewusst auf die Lippe. Seine Augen hielten mich gefangen.

Plötzlich räusperte er sich und kratzte sich verlegen am Hinterkopf. »Ich halte dich dann nicht länger auf.«

Ich nickte nur, zu mehr war ich nicht im Stande.

Er küsste mich zum Abschied noch schnell auf die Wange, ehe er wieder durch das Fenster verschwand.

Ein Stück von der Vergangenheit
KAPITEL 14

Skye

Ich wurde seit Tagen das Gefühl nicht los, dass Heaven mir etwas verheimlichte.

Ich seufzte und kramte in alten Kisten herum. Genervt stand ich auf.

Die Fotos konnten nicht einfach verschwunden sein. Ich beschloss, auf den Dachboden zu gehen. Ich rollte die Leiter runter und stieg hoch.

Ich nieste leicht. Hier hatte sich seit Jahren keiner mehr um Ordnung gekümmert. Die Kisten stapelten sich immer noch unordentlich durcheinander wie nach dem Einzug - und überall eine dicke Staubschicht.

Ich kramte in einigen Kisten, ehe mein Blick auf eine massive braune Truhe fiel. Ich hielt darauf zu. Vor der Truhe kniete ich mich hin. Jedes Mal, wenn ich sie früher öffnen wollte, war sie abgesperrt.

Umso mehr wunderte es mich, dass jeder sie unverschlossen war.

Ich legte meine Hände auf das kalte raue Holz und atmete tief aus. Zögernd hob ich den Deckel an.

Staub wirbelte auf und flog mir entgegen. Ich musste mir kurz über die Augen wischen, ehe ich einen Blick hinein werfen konnte. Vor mir lagen alte Fotos, Dokumente und Papierkram.

Mit zitternden Händen griff ich danach. Fotos vom Unfall meiner Mum. Danach griff ich zuerst. Sofort stiegen mir Tränen in die Augen.

Das Blech des Autos sah zerbeult aus. Qualm stieg aus dem Auto. Im Inneren sah man eine Familie, deren Leben sich nach dem Unfall komplett verändert hatte.

Ich legte das Bild zur Seite und nahm eine Akte zur Hand. Beim Durchblättern fiel mir unter den Papieren die Sterbeurkunde von Mum in die Hand. Ich wischte mir eine Träne aus dem Augenwinkel. Ich sah das Bild an. Mein Herz zog sich schmerzhaft zusammen.

Sie musste uns in jungen Jahren zurück lassen. Warum?

Wieso mussten die Personen, die einem am Herzen lagen so endgültig gehen? Mum wurde uns einfach entrissen. Lange starrte ich auf das Bild mit der Vorstellung, dass Mum wiederkommen würde.

Ich sehnte mich nach ihr. Nach ihren Ratschlägen und ihrer sanften, liebevollen Stimme, wenn sie zu mir sprach. Doch Mum kam nicht wieder. Sie blieb fort.

Eine Träne tropfte auf das Bild und hinterließ einen unschönen Fleck. Ich atmete tief aus. Es fiel mir schwer, an Mum zu denken. Heaven hatte gesagt, dass sie meine Stärke bewunderte. In Wirklichkeit war ich nicht stark, eher schwach und zerbrechlich wie Glas.

Ich legte die Sachen zurück in die Kiste und hockte mich hin, zog die Knie an mich heran und bettete meinen Kopf darauf.

Lange saß ich da. Starrte ins Leere, versank in Gedanken.

Die letzten Sonnenstrahlen fielen durch die Dachluke, bis es komplett dunkel war. Mir wurde kalt.

Ein Gefühl von Verlassenheit überkam mich. Ich lehnte meinen Kopf an die Truhe, schloss die Augen und weinte leise vor mich hin. Meine Tränen flossen nur so über mein Gesicht. Könnte ich doch bloß die Zeit zurück drehen... Mum noch ein letztes Mal im Arm halten.

Zitternd atmete ich tief aus. Ich war froh, dass niemand mich so sah. Hilflos und zerbrechlich. Das war das Letzte was ich wollte. Niemand sollte das hier mitbekommen.

Vor allem Heaven nicht, gerade jetzt wo sie Hals über Kopf in Noah verliebt war... wo ihr Leben langsam seinen Lauf nahm. Sie hatte schon zu sehr gelitten.

Ich wischte mir über die Augen, doch ich konnte es einfach nicht verdrängen.

Das Bild vom Unfall meiner Mum tauchte wieder vor meinem inneren Auge auf. Das machte alles nicht besser, im Gegenteil. Es zerriss mich so sehr. Ich wollte das es aufhört, nicht mehr weh tut, aber ich war machtlos.

Sie wusste, dass es nicht einfach werden würde, aber niemals hatte sie gedacht, dabei innerlich so zu zerbrechen.

Was soll jetzt schon passieren?
KAPITEL 15

Heaven

»Was haltet ihr davon, wenn wir ins Kino gehen?«

»Dein Ernst?«, fragte Skye kopfschüttelnd.

»Wir sind den weiten Weg hierher gefahren, weil es bei uns keinen Schnee gab.« Sie zog sich ihre Skisachen an.

»Ich meine nur ...« Ehrlich gesagt hatte ich Angst. Ich und Skifahren? Nein.

Skye sah mich an. »Du brauchst keine Angst haben«, meinte sie.

Ich schnaubte. »Ich habe keine Angst.« Sie verdrehte nur die Augen und grinste leicht.

Wir saßen jetzt in dem Sessellift und fuhren höher. Ich war ziemlich angespannt. Die Füße baumelten frei herunter.

»Hey Skye! Lust auf ein Wettrennen, wenn wir oben sind?«, rief Scott, der direkt hinter uns saß.

Ich drehte mich um. Der hat sie wohl nicht alle. Aber der Junge neben ihm war von der Idee begeistert.

Ich hatte seinen Namen vergessen. Skye nannte ihn den Marshmallow-Jungen. Der Grund dafür war mir unklar. »Okay«, rief jetzt Skye.

Es wurde kälter und windiger. Der Wind heulte in meinen Ohren. Ich traute mich nicht, nach unten zuschauen.

»Ich wette mit dir, dass ich gewinne«, gab jetzt Scott an. Die Mädchen jubelten. Ich seufzte genervt.

Langsam beugte ich mich vor und sah dann vorsichtig nach unten. Sofort stieß ich mich nach hinten, sodass der Lift leicht wackelte.

»Heaven was machst du?!« Skye sah mich besorgt an.

»Sie macht sich vor Angst in die Hose«, rief Scott lachend von hinten. Ich hörte, wie ein paar mit einstimmten, aber nicht alle fanden das witzig.

»Halt die Klappe Scott«, knurrte Noah neben mir. Ich sah ihn dankbar an.

Scott verdrehte die Augen und murmelte vor sich hin. Ich schüttelte den Kopf und klammerte mich an Noah.

»Wollen wir umkehren?« Wir kamen oben an.

»Ich nehme an, dafür ist es zu spät«, entgegnete er und drückte mich näher an sich. Der Berg zog Wolken und Sturm magisch an. Scharfer Schneestaub wehte uns ins Gesicht. Schon verrückt: Eine Gruppe Jugendlicher, die im Schneesturm vorhatte, Ski zufahren.

»Leute? Wollen wir nicht das Skifahren auf ein anderes Mal verschieben?«, fragte Amanda.

Ich stimmte der Schwarzhaarigen sofort zu.

»Ach was.« Scott schob sich an uns vorbei. Wir schauten uns alle an, ehe wir ihm zögerlich folgten.

Spätestens an der Abfahrt stockte mir der Atem. Die hügelige Piste führte steil in den Abgrund.

Ich schloss die Augen. Mein Körper zitterte. Nicht vor Kälte, sondern vor Angst.

Worauf hatte ich mich da eingelassen? Nach endloser Zeit öffnete ich die Augen.

Nur noch Skye und Noah standen neben mir, von den anderen keine Spur.

»Wo ist der Rest?«, fragte ich verwundert.

»In einer Hütte untergekommen. Es ist zu gefährlich«, antwortete Noah.

In der Hütte empfing uns eine wohlige Wärme und ich bekam wieder Gefühl in den Beinen. Wir steuerten auf die anderen zu und setzten uns.

»Muss es genau heute einen Schneesturm geben«, beschwerte sich Scott. Er verstummte jetzt. Dann öffnete er den Mund, um was zu sagen, entschied sich in letzter Minute um. Besser so.

Schon seine Stimme bereitete mir Kopfschmerzen. Kurz darauf stand eine warme dampfende Tasse Kakao vor mir.

Ich legte meine Handschuhe zur Seite und umschloss die Tasse mit meinen Fingern. Gierig nahm ich einen Schluck. und verzog mein Gesicht, weil ich mir die Zunge verbrannt hatte.

Noah schüttelte neben mir lachend den Kopf. »Langsam. Die Tasse hüpft nicht weg.«

»Haha witzig«, gab ich knapp zurück. Zufrieden mit meinem Getränk schloss ich die Augen und genoss die Wärme der Tasse an meinen Fingern.

»Wieso muss es so kalt sein?«, seufzte Amanda.

»Wir sind in den Bergen, was erwartest du, Baby?« Scott rückte an sie heran. »Ich kann dich gerne aufwärmen.«

Ich rollte mit den Augen. Unmöglich dieser Typ.

»Verzieh dich du Schleimer«, herrschte ihn Amanda an. Wir sahen uns an und prusteten los.

Schnaubend verschränkte Scott die Hände vor der Brust. »Sie weiß meine Präsenz nicht zu schätzen.«

Ich hüstelte. »Selbstverliebt«, kommentierte ich.

Scott funkelte mich böse an. »Mal sehen, was hinter deinem großen Mundwerk steckt ... Wettrennen?« Er hielt mir die Hand hin.

Ich zögerte bei der Vorstellung. Mein Körper begann zu zittern. Noah bemerkte meine Panik. Beruhigend drückte er meine Hand. »Sei nicht kindisch Scott.«

»Wenn es drauf ankommt, drückst du dich«, spottete Scott. »Verkriechst dich.«

Noah stand auf. »Es reicht!« Augenblicklich verstummte jeder am Tisch.

Inzwischen hatten wir uns wieder aufgewärmt. Dann zogen wir uns dick an und traten hinaus ins Freie. Ich atmete tief ein. Noahs und Scotts Blickduell war nicht auszuhalten.

In der Zwischenzeit hatte sich der Schneesturm gelegt. Blauer Himmel spannte sich über uns und Pulverschnee wartete auf erste Spuren.

»Ist die Aussicht nicht schön?«, fragte Noah und damit hatte er ausgesprochen recht.

Die Abfahrt rückte immer näher.

»Wer will als erster?«, fragte Scott und zog den Helm tief über seinen braunen Haarschopf. Ein paar Freiwillige hoben die Hand.

Inzwischen waren fast alle auf ihren Skiern unterwegs ins Tal. Nur der Marshmallow-Junge, Skye, Noah und ich standen noch oben.

Der Blondschopf sah Skye an: »Wollen wir?«

Skye drehte sich zu mir um. Ihr Blick sprach Bände.

»Ich fahr mit Heaven runter«, meldete sich Noah zu Wort. Ich sah ihn skeptisch an.

»Ich fahre in jeden Ferien Ski«, verteidigte er sich. Ich sagte nichts, ehe ich zögernd nickte. Skye zwinkerte mir unauffällig zu, ehe sie hinunter raste.

Ich stand wie festgefroren auf der Stelle. »Da runter?« Am Ende würde ich mir alle Knochen brechen.

Plötzlich ergriff Noah meine Hand. Mein Blick fiel auf unsere verschränkten Hände.

»Es ist nicht schwer. Wir fahren zusammen runter. Dir passiert nichts.«

Ich zog meine Hand weg. »Sicher.« Ich vertraute ihm, aber meine Angst war einfach zu groß.

Er hob eine Augenbraue. »Okay.« Er schritt zur Abfahrt und bereitete sich vor, hinunter zu fahren.

»Nein! Stopp!«, rief ich verzweifelt. Ich wollte nicht alleine oben bleiben. Er hielt inne.

Mit einer Handbewegung forderte er mich auf, zu ihm zu kommen.

Erneut ergriff Noah meine Hand. Ich zog sie nicht weg. Ich schloss die Augen. Mein Körper zitterte.

Er legte den Arm um mich. »Hey, alles okay.« Minuten verstrichen. Wir standen da, bis Noah seinen Arm wegnahm.

»Halt meine Hand und bleib in der Schneeflugposition.« Ich nickte zögernd. Er wartete kurz, ehe er sich abstieß.

Wind blies mir ins Gesicht. Wir schlitterten in weiten Schwüngen nach unten. Noah schaute kurz lächelnd zu mir, als wollte er sagen: »Na siehst du.«

Ich fühlte mich frei und schwerelos. Unten warteten alle auf uns.

»Ach, da sind die Turteltäubchen«, meinte Katelyn grinsend. Ich verdrehte die Augen.

Den Rest des Tages verbrachten wir in einem örtlichen Dorfgasthof, ganz in der Nähe.

Alle hatten schon viel getrunken, nur ich hielt mich noch etwas zurück. Scott lehnte an der Theke und musterte mich kritisch.

»Was ist?«, fragte ich ihn genervt. Konnte der mal aufhören so komisch zu schauen.

»Du hast fast nichts getrunken«, erwiderte er und verzog den Mund.

»Na und?«, antwortete ich schulterzuckend.

Wie schlimm. Der sollte sich mal nicht so anstellen.

Ich konnte ja nichts dafür, dass er sich ein Bier nach dem anderen herunterkippte.

»Ein Jägermeister bitte«, hörte ich Noah bestellen.

Instinktiv sah ich zu ihm. Hatte er nicht langsam irgendwie genug getrunken?

»Du musst mal locker werden«, lachte Scott und nahm einen kräftigen Schluck vom Bier. Sein Blick fiel auf meine Cola. »Trink mal was Richtiges.«

Ich rollte nur mit den Augen. »Lass mich, ich bin locker.«

»Aber sicher doch.« Er glaubte mir nicht, war ja klar.

»Was gibts' hier zu lachen?«, mischte sich Noah in unser Gespräch ein. Dabei legte er seine Hand auf meinem Oberschenkel. Die Stelle begann sofort zu kribbeln und es fühlte sich so gut an.

Noah du bringst mich noch um den Verstand... Ich musste mich beherrschen still sitzen zu bleiben, denn seine Nähe machte mich wahnsinnig.

Mit großen Augen sah ich Noah an. »Scott macht sich über mich lustig«, schmollte ich.

Seine Hand wanderte über mein Bein und zeichnete Muster. »Meine kleine Heaven«, flüsterte er und sah mich mit einem Lächeln an. »Mach dir keinen Kopf darum, wenn du nichts trinken willst, dann mach es nicht.«

Er hatte zwar recht, aber trotzdem nervte es mich, dass Scott mich so aufzog und das nur, weil ich keinen Alkohol trinken wollte.

»Entschuldigung?«, rief ich und der Barkeeper drehte sich sofort zu mir. Schmal gebaut, blonde Haare und blaue Augen.

»Was darf es denn für die junge Dame sein?« Er lächelte mich freundlich an.

»Überraschen sie mich«, erwiderte ich nur.

Der Blondhaarige nickte. Dann machte er sich an die Arbeit. Scott sah mich erstaunt an. Selbst die anderen hatten ihre Gespräche still gelegt.

»Wer bist du und was hast du mit meiner Zwillingsschwester gemacht?«, fragte Skye erstaunt.

Ich musste lachen, da alle so überrascht waren. »Ich dachte ich probier mal was Neues aus«, grinste ich nur.

»Ach Süße, lass dir doch von Scott nichts gefallen«, meinte Amanda und nahm einen Schluck von ihrem Cocktail.

Ich nickte nur.

Der Barkeeper stellte mir ein Getränk hin. »Bitteschön, nur das Beste für die Dame.« Ich roch es sofort. Alkohol.

Ich lächelte gezwungen. »Danke.«

Er winkte ab und bediente die nächsten Gäste. Noah sah zwischen dem Getränk und mir hin und her. Er wollte gerade etwas sagen, da kam ich ihm zuvor.

»Es ist meine Entscheidung.« Mit diesen Worten nahm ich einen Schluck. Ich schmeckte den Alkohol und kniff meine Augen zusammen. Ich hasste es.

Obwohl ich wusste, dass es nicht gut war was ich gerade tat wurden aus einem Glas immer mehr. Mit der Zeit hörte ich auf zu zählen.

Lachend unterhielt ich mich mit den anderen und redete wirres Zeug. Noah hatte seine Hand die ganze Zeit über auf meinem Bein gelassen. Es machte mich glücklich. Vielleicht fand er ja doch noch Gefallen an mir?

Frustriert nahm ich einen weiteren Schluck. Immer dieses vielleicht...

»Leute ich geh mal an die frische Luft«, nuschelte ich und stand langsam auf. Der Alkohol begann schon langsam zu wirken. Auf eine Antwort wartete ich erst gar nicht, die anderen waren sowieso in Gespräche vertieft.

Auf wackeligen Beinen lief ich durch die Kneipe Richtung Ausgang. Ich fühlte mich komplett benebelt. Der Boden bewegte sich.

Draußen setzte ich mich erst einmal auf eine Bank die in der Nähe stand. Meinen Kopf legte ich auf meinen Knien ab. Wie viel hatte ich bitte getrunken?

Lange saß ich da und schaute in die Ferne. Plötzlich spürte ich wie sich jemand neben mich setzte. Noah.

»Du warst so plötzlich draußen, geht es dir auch wirklich gut?«

Ich sah ihn nicht an, als ich antwortete. »Ja.«

»Du hast viel getrunken … ich mach mir Sorgen Engel«, flüsterte er leise. Fast hätte ich ihn nicht gehört.

Hatte er mich gerade Engel genannt?

Doch ich konnte nicht länger darüber nachdenken. Seine Hand die jetzt um meine Taille geschlungen war, ließ mich wohlig aufseufzen. Schmetterlinge flogen in meinem Bauch herum. Ich konnte keinen klaren Gedanken mehr fassen.

So fühlte sich das Verliebtsein an. Man war dieser einen Person hoffnungslos ausgeliefert.

»Nur ganz wenig«, hauchte ich.

Noah beugte sich weiter vor. »Was denn?« Er war mir so nah und ich konnte in seine grünen Augen schauen.

Mein Blick wanderte zu seinen Lippen. So verlockend... *Küss mich*, würde ich am liebsten sagen.

»Ich hab nicht viel getrunken«, antwortete ich im Flüsterton. Zu mehr war ich nicht im Stande.

Eine Stille legte sich über uns. Keiner sagte etwas und niemand machte Anstalten, wieder Abstand zwischen uns aufzubauen.

»Weißt du, was ich jetzt gerne machen würde?«

Sein Blick fesselte mich. Ich konnte nichts sagen, deshalb schüttelte ich nur den Kopf.

»Ich kann es dir zeigen wenn du willst«, flüsterte er verführerisch. Ich schluckte nur und sah ihn fragend an.

Noah lächelte jetzt. Dann beugte er sich langsam vor. Nur noch wenige Zentimeter trennten uns. Er wollte mich doch nicht etwa küssen, oder?

Als er merkte, dass ich nicht zurückwich, überbrückte er die Lücke zwischen und küsste mich. Ich war völlig überfordert, als sich Noah enttäuscht zurück ziehen wollte, wachte ich aus meiner Träumerei auf und erwiderte den Kuss.

Er lächelte. Der Kuss war zögerlich und sanft, so als hätte er Angst ich würde ihn zurück weisen. Mein ganzer Körper stand unter Strom.

Wie lange hatte ich auf diesen Moment gewartet? Es war wunderschön. Durch Atemmangel mussten wir uns leider wieder voneinander lösen. Er legte seine Stirn an meine. Mit roten Wangen sah ich ihn an.

»Du glaubst gar nicht, wie lange ich das schon machen wollte«, flüsterte er und sah mir dabei tief in die Augen.

Ich lächelte und kraulte leicht seinen Rücken.

Er seufzte. »Du machst mich wahnsinnig Heaven.« Mit seiner Hand fuhr er mir durch die Haare.

Ich schloss meine Augen und genoss seine Nähe. Ein Traum war wahr geworden.

Noah hatte mich wirklich geküsst. Unglaublich.

Ich lehnte meinen Kopf unsicher an seine Brust. Dieser Augenblick sollte nie enden.

»Das ist bestimmt ein Traum…?«, murmelte ich leise vor mich hin, doch Noah hörte es trotzdem.

Er lachte kurz auf. »Nein, das hier…« Er setzte seine Lippen auf meinen Mundwinkel an und hauchte einen Kuss darauf. »… ist pure Realität.«

Mein Herz hämmerte gegen meine Brust und mein Körper erzitterte als er weiter fuhr, mein Gesicht so unglaublich sanft streichelte, meine Gesichtskonturen küsste und jedes Mal so zärtlich und vorsichtig bis er an meinen Hals angelangte. Er machte mich wahnsinnig.

Langsam zog er sich zurück. Einen Moment spürte ich noch seinen Atem auf meinem erhitzten Gesicht, ehe ich mich traute meine Augen zu öffnen.

Eine gähnende Leere hatte meinen Verstand eingenommen. Er sollte nicht aufhören.

»Wir sollten wieder zu den anderen.« Noah war völlig außer Atem.

Widerwillig nickte ich und wir liefen zurück nach drinnen. Dabei musste mich Noah die ganze Zeit stützen, da ich noch nicht so sicher auf den Beinen war.

»Sieh mal einer an«, rief Amanda und zog damit die ganzen Blicke der anderen auf uns.

»Na da ging es ja heiß zu«, lachte Scott und ich lief sofort rot an.

Amanda zwinkerte mir nur zu. Ich sah mich um. Wo war bloß Skye? Wie als hätte sie mich gehört kam sie mit dem Marshmallow-Jungen auf uns zu.

»Schwesterchen wo hast du dich denn herumgetrieben«, neckte sie mich. Na warte.

»Das selbe könnte ich dich fragen.« Ein Vorteil hatte der Alkohol wohl doch, ich war nämlich viel aufgeschlossener als sonst.

»Oh, jetzt gehts' ab«, lachte Katelyn und klatschte dabei in die Hände.

Ich mochte sie nicht, sie war mir unsympathisch. Dazu musste sie immer alles kommentieren. Wie nervig.

»Leute es reicht doch jetzt mal«, mischte sich Amanda ein.

Ich sah die Schwarzhaarige dankbar an.

Den Rest des Abends redeten wir alle nur noch wirres Zeug. Dabei kamen Geheimnisse ans Licht, die die Meisten im nüchternen Zustand lieber bereuen würden. Ja, wir waren schon eine lustige Truppe.

»Leute ich hab mir mal etwas überlegt«, lallte Noah. Sofort hatte er die volle Aufmerksamkeit von uns. »Wer hat nächste Woche Lust auf eine Kanufahrt? Wird bestimmt witzig werden.«

»Ich bin dabei«, rief Scott und klopfte ihm auf die Schulter. Die anderen stimmten zu.

»Ich bin noch nie Kanu gefahren«, sagte ich unsicher. Skye lächelte mich an. »Umso besser, dann sind wir schon zu zweit. Wird mega.«

Schon begann jeder zu planen, was man noch alles mitnehmen könnte und wo wir genau fahren würden.

Das konnte ja was werden.

Ich werde dich niemals vergessen

KAPITEL 16

Skye

In letzter Zeit zog ich mich immer öfter auf den Dachboden zurück. Saß stundenlang da, sah stumm in die Luft.

Die Gedanken überschlugen sich in meinem Kopf. Wieso hatte es Mum getroffen? Ich bekam keine Antwort. Ich lachte weinend auf. Von wem auch?

Ablenkung tat mir gut. Ich kam auf andere Gedanken. Einer der Gründe wieso ich fast nie zuhause blieb. Ich wollte nicht in Selbstmitleid versinken. »Du bist stark.« Wie oft ich diesen Satz schon gehört hatte.

Nach außen hin wirkte man stark, letzten Endes wusste niemand, wie man im Inneren Stück für Stück zerbrach. Was für ein Wirbelsturm an Gefühlen in einem wütete.

Verbittert wischte ich mir die Tränen weg. Ich fühlte mich erbärmlich und hielt das Bild fest umklammert.

Ich wünschte mir Mum zurück. Es schmerzte, täglich Familien miteinander glücklich lachen zu sehen. Es zerriss mich.

»Mum«, murmelte ich. »Weißt du, manchmal denke ich, dass es keinen Sinn macht. Auch du sagtest, ich sei stark ... das bin ich aber nicht Mum. Ich bin zerbrechlich wie ein Glas. Lässt man es fallen, zerbricht es in Tausende von Stücken.«

Ich schluchzte auf. »Als du von uns gingst, da verschwand ein Teil von mir. Leere... Stattdessen fühlte mein Herz nur Einsamkeit.« Eine Träne löste sich aus meinem Augenwinkel und tropfte auf das Bild. Ein feuchter Fleck entstand auf der Stelle.

»Ich erinnere mich an die alten Zeiten, halte mich daran fest. Ich weiß, es klingt absurd, aber manchmal, da denke ich, alles ist nur ein Traum. Ein Alptraum, aus dem ich erwache und feststelle, es ist nicht Wirklichkeit.«

Ich kniff meine Augen zusammen. »Ich vermisse dich.« Unerwartet setzte sich jemand neben mich.

Ich sah auf: Heaven. Es interessierte mich nicht. Es war mir egal, dass sie mich so zerbrechlich sah. Alles zog an mir vorbei. Ich konnte nicht mehr stark für die anderen sein.

»Ich denke auch oft an Mum«, sagte Heaven »werfe mir vor, ich sei Schuld. Diese Gedanken lassen mich auch nicht los. Kein Entkommen. Die Stimmen verschwinden nicht, geistern in meinem Kopf umher. Es ist okay, Gefühle zuzulassen. Das ist menschlich. Das macht uns aus. Ob wir dagegen kämpfen oder ob wir sie an uns ran lassen Alles was zählt ist, dass wir empfinden.«

Ich hörte ihr zu. »Seit wann standest du da?«

Sie räusperte sich. »Lange genug.«

Wir saßen nebeneinander und sahen stumm an die Wand. »Meinst du, Mum wäre stolz auf uns?«

Heaven lächelte leicht. »Ja, ich bin mir sicher, dass sie ,wo immer sie jetzt ist, an uns denkt. Sie hätte gewollt, dass wir glücklich sind.«

Fang mich doch
KAPITEL 17

Heaven

Ich streckte meine Hand aus. Eine Schneeflocke fiel auf meine Handfläche. Sie hatte eine schöne geometrische Struktur und wirkte aus verschiedenen Kristallen zusammen gesetzt. Leider schmolz sie zu schnell.

Die Welt war in einen weißen Mantel gehüllt worden. Der Schnee, zart und leicht. Es glich einem Pulver, was mich an Wolken erinnerte.

»Was machst du da?« Ich drehte mich beim Klang seiner Stimme um. Es war Noah.

Schneeflocken lagen in seinen wilden Locken. Die Wangen waren vor der Kälte leicht gerötet. Er lächelte mich an. Seine Augen spiegelten den Kontrast zu dem Schnee.

Der Schnee knirschte, als er mir näher kam. Er hinterließ dabei Fußstapfen, die sich mit den Spuren vieler kreuzten.

»Ist es nicht schön?« Ich fing eine neue Schneeflocke. Er stand jetzt vor mir. Ich sah ihm in die Augen. In dieses intensive, ausdrucksstarke Grün. Er lächelte. Da waren sie wieder. Seine Grübchen, die mich so faszinierten.

Ich schaute in den Himmel. Schneeflocken fielen mir ins Gesicht. Ich musste blinzeln.

Plötzlich traf mich etwas Hartes an der Schulter. Ich wirbelte herum.

Noah grinste und formte einen weiteren Schneeball. Ich hatte keine Chance mehr mich zu ducken. Der Schneeball flog an den Kopf.

»Na warte!« Ich ging in die Hocke.

»Heaven?«

Ich antwortete nicht, lauschte. Seine Schritte kamen näher. Als ich sicher war, dass er nah genug war, drehte ich mich um und schmiss mit voller Kraft einen Schneeball nach ihm.

»Hey!« , rief er empört. »Das kriegst du zurück!« Er formte eine Schneekugel. Ich sprang hinter einen Baum. Ich wartete. Nichts geschah.

Ich streckte meinen Kopf hervor. Just in dem Moment traf mich kalter Schnee im Gesicht.

»Du!« Ich versuchte, ihn böse anzusehen. Es scheiterte kläglich.

Noah lachte nur. Er wollte die Nächste abfeuern, doch da lief ich schon los und versteckte mich hinter einem anderen Baum. Dort wartete ich ausgerüstet mit zwei Schneebällen auf ihn.

»Ich werfe nicht mehr. Heaven, komm raus.«

Ich grinste und lugte leicht nach rechts und sah ihn auf mich zukommen.

Ich drückte mich enger an den Baumstamm und wartete wie eine Raubkatze auf der Jagd nach Beute.

Ich überrumpelte Noah mit meiner Schneeballattacke. Er schaute mich überrascht an, überlegte, dann grinste er höhnisch.

»Das gibt Rache!«

Ich lachte und lief los. Meine Schuhe versanken im Schnee und ich kam kaum voran.

Hinter mir hörte ich Noahs Schritte. Ich schnaufte und schlängelte mich durch die Bäume.

Doch ich kam nicht weit. Er holte mich ein und zog mich am Arm zu sich. Der Ruck ging so fest, dass ich hart gegen ihn fiel. Ich blieb regungslos stehen und auch Noah ließ meine Hand nicht los.

Er hob mich hoch und drehte sich mit mir im Kreis. Ich lachte und sah ihn an. Lange drehten wir uns, bis er mich langsam absetzte; aber er ließ mich nicht los.

Ich sah zu ihm auf. Unsere Blicke begegneten sich und wir schauten uns lange in die Augen. Der Wind heulte leise in unseren Ohren und Schneeflocken fielen auf uns herab. Eine fiel auf meine Nasenspitze. Noah hob leicht seine Hand und strich sie sanft weg. Seine Hand verweilte auf meiner Wange. Ich seufzte und lehnte meinen Kopf gegen seine Handfläche.

Er streichelte mein Haar, wobei er nicht den Blick von mir löste. Meine Sinne waren vollkommen durcheinander.

Ich konnte nichts sagen. Nichts tun. Meine Gefühle fuhren Achterbahn.

Er beugte sich langsam vor. Sein Gesicht kam meinen näher. Er schaute gebannt auf meine Lippen, bis wir uns immer näher kamen.

Ich schloss die Augen. Sein Atem kitzelte auf meiner Haut. Kurz darauf drückten sich weiche Lippen auf meinen Mund. Es war ein zurückhaltender Kuss, jedoch steckte so viel Leidenschaft darin.

Ich lehnte mich an ihn und küsste ihn zurück. Er hielt mein Gesicht in seinen Händen und küsste mich, als gäbe es kein Morgen. Ich lächelte in den Kuss hinein und legte meine Hände um seinen Nacken.

Nach einer Weile löste er sich leicht von mir. Nach Luft ringend lehnte er seine Stirn an meine. Sofort vermisste ich die Nähe seiner Lippen. Er sah mir in die Augen.

»Heaven, was stellst du nur mit mir an?«, hauchte er.

Statt einer Antwort küsste ich ihn. Er lächelte.

So standen wir da, umgeben von Schnee und versanken in uns.

Nur ein spontaner Ausflug?
KAPITEL 18

Heaven

Es klingelte. Ich atmete tief durch.

Wieso machte Noah mich nur so nervös?

Ich stieß die Luft aus, ehe ich nach unten ging, um die Tür zu öffnen. Ich schüttelte den Kopf, als es abermals klingelte und sprintete die letzten Stufen der Treppe hinunter.

Völlig außer Puste riss ich die Tür auf, sodass sie hart gegen mich flog. Ich sog scharf die Luft ein. Das konnte auch nur mir passieren. Schmerzhaft rieb ich mir die Schulter.

Als mir Noahs Anwesenheit bewusst wurde, setzte ich ein zuckersüßes Lächeln auf. Der Schmerz in meiner Schulter war wie weggeblasen.

»Hast du dir wehgetan?« Grüne Augen blickten mich besorgt an. Ich versank in ihnen und hörte gar nicht mehr zu. Diese Augen waren es, die mich das erste Mal in seinen Bann gezogen hatten. Jene, die mich nie wieder los lassen sollten.

»Was?«, fragte ich, als er mit seiner Hand vor meinem Gesicht schnippte.

Er grinste mich provozierend an.

»Idiot.« Ich drehte mich um und hörte ihn hinter mir leise auflachen. Er zog mich an der Hand zu sich zurück.

Ich stand ihm bedrohlich nahe. Es herrschte vollkommene Stille. Nur unser Herzschlag war zu hören. Noahs Augen strahlten. Das Grün in seinen Augen verdunkelte sich.

Ich sah ihn an. Ich wollte meine Hand heben und ihn berühren. Über seinen Dreitagebart streichen, der ihn noch attraktiver machte. Ich wollte seine Lippen spüren, die meine Sinne benebelten. Doch nichts davon tat ich.

»Heaven ...«, hauchte er. Noahs raue Stimme sorgte für Gänsehaut. Ich schaute zu ihm auf.

Er strich mir leicht über den Arm. Ich war unfähig mich zu bewegen. So ging es mir schon seit Wochen. Seitdem wir zusammen waren, brachte er mich immer mehr um den Verstand.

Ich schob mich jetzt von ihm weg. »Wir wollten Kanufahren, schon vergessen?.«

»Kann das nicht warten?« Verführerisch sah er mich an. Am Liebsten hätte ich mich in seine Arme fallen lassen.

Ich biss mir auf die Lippen und gab ein schwaches »Nein« von mir. Und ich staunte über mich selbst. Das kostete mich an Überwindung.

Er zog mich zu sich heran und beugte sich zu mir runter. Ich wollte widersprechen, scheiterte kläglich. Wie so oft verfiel ich Noahs Bann.

Er schaute auf meine Lippen und kam immer näher. Ich schloss die Augen. Weiche Lippen drückten sich auf meine Stirn. Dann lehnte er sich zurück. Enttäuschung machte sich in mir breit.

Ich seufzte. Noah was stellst du nur mit mir an?

»Jetzt verheilt es schneller.«

Ich sah ihn verwirrt an, ehe ich verstand. »Das war meine Schulter«, erwiderte ich und merkte, wie er mich verdutzt ansah.

»Ist egal.« Er hielt mir seine Hand hin. Lächelnd griff ich nach ihr.

»Na dann, ab zu den anderen.« Er küsste mich kurz auf die Stirn ehe er mich mit sich zog. Wir liefen eine kurze Strecke, wo wir endlich die anderen sahen.

»Da seid ihr ja endlich«, murrte Katelyn ungeduldig. Keine Begrüßung nichts. Ich rollte mit den Augen.

»Hey Süße«, begrüßte mich Amanda und umarmte mich.

Ich lächelte und sagte den anderen noch schnell *Hallo*.

»Leute können wir jetzt endlich los?«, drängte Scott. Dabei wippte er ungeduldig auf seinen Füßen auf und ab.

Während der Fahrt schaute ich aus dem Fenster. Alles flog an mir vorbei.

Im Rückspiegel sah ich die anderen hinter uns herfahren. Scotts Kopf lugte aus dem Fenster. Er winkte mir grinsend zu. Ich lachte nur.

»Was stellt der wieder an?«, grinste Noah.

Er hatte den Blick auf die Straße geheftet. Die braunen Locken fielen ihm in die Stirn. Sie waren länger geworden. Er bog in eine Auffahrt. Ein holpriger Weg führte hinunter zu einem Fluss. In der Ferne sah ich einen Bootsteg. Das war unser Ziel.

Noah holte die Kanus vom Dach. Zusammen stellten wir sie am Ufer des Flusses auf.

»Meine Beine sind eingeschlafen«, beschwerte sich die Schwarzhaarige.

»Amanda jetzt hör auf zu nörgeln«, sagte Scott, der sich die Mütze tief über die Ohren zog.

»Mir ist kalt«, brummte ein Mädchen mit langen Haaren.

Ich denke, sie hieß Katelyn. Nach Skyes und meinem Auftritt war sie auf uns zugekommen.

»Komm her.« Der Blondhaarige zog sie an sich.

Skye sah ihn nachdenklich an. Inzwischen wussten wir, das er Dylan hieß, wegen Skye nannte ihn jeder nur noch den Marshmallow-Jungen. Ich lächelte bei der Vorstellung. Ich war innerlich gespannt: was würde passieren?

Im Kanu verging mir das Lächeln. »Noah, was ist, wenn wir umkippen?«

»Dann kippen wir halt um«, meinte er schulterzuckend und steuerte mit seinem Paddel das Boot.

»Das Wasser ist aber kalt«, beschwerte ich mich. Ich spürte Noahs Blick in meinem Nacken.

»Wessen *brillante* Idee war es, im Winter Kanu zu fahren?«, mischte sich Skye ein.

Ich sah daraufhin zu Noah, der jetzt nachdenklich auf das Wasser starrte. Ich merkte, dass ihn etwas bedrückte.

»Noah, ist was?« Er schreckte auf und sah mich lange an. Schließlich schüttelte er den Kopf.

Wir paddelten auf dem Wasser dahin und sahen uns die Natur an. Die Bäume trugen mittlerweile keine Blätter mehr, waren nackt und die Temperaturen waren enorm gesunken.

Unser Atem schien bei der Kälte förmlich zu gefrieren. Ich rieb die Hände aneinander. Mein Körper zitterte.

»Ich hasse das Wetter«, grummelte ich.

»Nicht das Wetter, sondern deine Kleidung ist schuld«, rief Scott mir zu.

Ich rollte mit den Augen. »Besserwisser.«

Ich wünschte mir Handschuhe. Die Luft war eisig, ich konnte meine Finger kaum noch bewegen.

Mit der Zeit bildeten sich leichte Nebelschwaden, bis man nur noch Umrisse erkennen konnte.

»Ähm Noah«, begann ich nervös.

Mich beschlich ein ungutes Gefühl, was sich kurz darauf bestätigte. Da wir nicht aufpassten, gerieten wir in eine heftige Strömung. Unser Boot geriet heftig ins Schwanken.

Ich krallte mich an beide Seitenwänden des Kanus fest. Wir flogen wahrlich durch die Strömung.

Hinter uns hörte ich Amanda und Katelyn aufkreischen. Die zwei Jungs grölten stattdessen.

Die hatten sie nicht mehr alle! Vor allem Scott. Er gehörte zu der Sorte Jungs, die einen auf die Palme bringen können.

Das Boot war kurz vorm Kentern und wir kamen dem Wasser immer wieder bedrohlich nahe. Wir steuerten auf einen Felsen zu.

»Noah pass auf!«, rief ich.

Er schwenkte das Boot herum und wir kamen nur knapp an dem Hindernis vorbei. Erst spät sahen wir den kleinen Wasserfall auf uns zukommen. Wir rückten alle zusammen.

»Mach was!«, rief ich panisch. Ich kuschelte mich an ihn und suchte verzweifelt in Noahs Nähe das Gefühl von Geborgenheit.

»So ein kleiner Wasserfall. Kein Grund zur Panik«, winkte Scott ab.

Ich schloss die Augen. Das Kanu schwankte hin und her. Die Strömung riss uns mit. Noah stach mit dem gesamten Blatt des Paddels ins Wasser.

Nach etwa fünfzehn Zügen wechselte er die Paddelseite. Das Boot verlor an Geschwindigkeit.

»Wir lehnen uns gleich alle zurück, okay?«

Wir nickten.

Er gab den anderen die gleiche Anweisung. Wir kamen dem Wasserfall immer näher.

Noah legte das Paddel ins Boot, nahm meine Hände und prüfte ob Skye festen Halt hatte.

»Achtung!«, rief er. Das Boot kippte nach vorne.

Ich klammerte mich an Noah und schrie auf. Es fühlte sich an wie ein freier Fall. Das Kanu tanzte in wilden Drehungen auf dem Wasser.

Unten angekommen, öffnete ich meine Augen. Ich hatte nicht bemerkt, dass ich sie geschlossen hatte.

Ich schwor mir, nie wieder Kanu zu fahren. Noch einmal würde ich mir das nicht antun.

Ich atmete erst auf, als wir ans Ufer stießen und aus dem Kanu kletterten. »Endlich wieder festen Boden unter den Füßen.«

»Nie wieder«, sagte Amanda.

Ich grinste bei ihrem Anblick. Ihre Haare sahen aus, als hätte sie in eine Steckdose gefasst. Noah schmunzelte. Skye stimmte in mein Lachen ein. Die anderen sahen uns drei nur seltsam an. Ich winkte ab.

Die Jungs begannen die Kanus auf das Dach des Autos zu verladen. In der Zwischenzeit probierten wir, ein Feuer zu entzünden. Nach mehreren Versuchen loderten die ersten Flammen auf.

Als ich die Wärme an meine Fingerspitzen fühlte, seufzte ich wohlig auf. Ich hatte das Gefühl gehabt, dass meine Hände fast eingefroren waren.

Bloß weil ich keine Handschuhe mitgenommen hatte. Das würde mir nie wieder passieren.

Wir ließen den Tag an uns vorbeiziehen.

»Das war vielleicht aufregend«, grinste Skye und streckte ihre Hände nach dem Feuer aus.

»Ja, ich dachte nur wir kippen jeden Moment ins Wasser«, lachte ich und sah zu Noah. Die Jungs waren immer noch mit den Kanus gut beschäftigt.

Ich wollte im Moment so viel lieber in seinen Armen liegen, statt mich am Feuer aufzuwärmen. Dort fühlte ich mich wohl und geborgen.

»Du hattest wenigstens Noah mit an Bord, ich musste stattdessen Scott ertragen«, erwiderte Amanda und verdrehte die Augen.

»Komm mir bitte nicht mit Scott an«, seufzte Skye und zog sich eine dickere Jacke über. Ihr war eiskalt.

Ich lachte. »Findest du ihn denn so schlimm?«

Skye vergrub das Gesicht in ihren Händen und schwieg.

»Ach Mädels, lasst doch Scott in Ruhe«, mischte sich Katelyn ein.

»Na ich höre meinen Namen worüber tratscht ihr denn?«, fragte Scott plötzlich und setzte sich zu Katelyn und Amanda. Er grinste. »Habt ihr mich etwa so sehr vermisst?«

Wir hatten gar nicht gemerkt, dass die Jungs schon fertig waren. Noah lächelte mich an und nahm meine Hand in seine. Dann zog er mich an sich und ich war hin und weg.

Ich lehnte meinen Kopf an seine Schulter und genoss seine Nähe und die Wärme, die von seinem Körper ausging.

»Mit dir geh ich nie wieder Kanu fahren«, erwiderte die Schwarzhaarige genervt und rutschte dabei leicht von Scott weg.

Mein Blick wanderte zu den beiden. Ich hatte da so ein Gefühl, dass Amanda und Scott aufeinander standen, jedoch es sich nicht eingestehen wollten. Wie sagte man so schön: was sich liebt, das neckt sich.

Er verdrehte genervt die Augen. »Jetzt stell dich doch nicht so an, das war spitze. Wir sind mit dem Strom gepaddelt.«

Amanda sah ihn ungläubig an. »Klar, war super entspannend als wir in die Strömung geraten sind.«

»Bisschen Abenteuer muss doch sein, nicht«, sagte der Marshmallow-Junge. Dabei sah er nur Skye an.

Sie blickte ihn verträumt an. Zwischen ihnen funkte es, nur traute sich keiner, den ersten Schritt zu machen. Das Skye mal zurückhaltend war… hätte ich nie mit gerechnet.

»Ich finde es nur ein bisschen kalt hier, aber sonst war das echt ein toller Tag. Angst hatten wir alle ein bisschen«, meinte Katelyn und schaute in die Runde. Die Jungs schüttelten nur den Kopf.

War ja klar, die würden nie etwas zugeben.

Wir saßen alle so nah es ging um das Feuer herum und wärmten uns. Allmählich begann es zu dämmern. Wir löschten das Feuer und gingen zu den Autos.

Noah drehte die Heizung auf. Aus dem Radio erklang leise Musik. Ich drückte mich tiefer in den Sitz und machte es mir bequem.

»Ich wusste nicht, dass du so gut Kanu fahren kannst«, sagte Skye.

Er lächelte daraufhin. Ich betrachtete Noahs Grübchen. Jedes Mal schmolz ich dahin, auch jetzt.

»Ich bin eben ein Naturtalent.« Skye schüttelte grinsend den Kopf. Ich gähnte. Ich fühlte mich schlapp.

»Ist da jemand etwa müde«, neckte Skye mich.

»Sei leise«, grummelte ich.

Ich war kurz vorm Einschlummern, da piekte mich jemand in die Seite. Ich schreckte auf. Mein Blick fiel auf Noah. Er fokussierte sich auf die Straße. Ich glaubte, den Übeltäter gefunden zu haben. Wollte er mich nur necken – oder…?

Da riss mich eine Stimme aus meinen Gedanken.

»Nicht schlafen Heaven«, lachte Skye. Diese Nervensäge. »Lass mich.« Ich brachte sie zum Schweigen.

Ich sah aus dem Fenster. Lichter flackerten in der Ferne.

Ich musste daran denken, wie viele Menschen es auf der Welt mit ihren verschiedenen Geschichten gab.

Es war einfach ungerecht.

Manche, die kaum zu essen hatten und andere, die es sich leisten konnten, teure Restaurants zu besuchen. Menschen, die mit Geld um sich warfen.

Es gab eben großes Unrecht auf der Welt. Daran würde sich auch wahrscheinlich in Zukunft nichts ändern. Warum? Weil wir Menschen egoistisch sind, nur an uns denken.

Ich hatte gar nicht gemerkt, dass Noah angehalten hatte.

Er schaltete die Scheinwerfer aus und sah jetzt nachdenklich durch die Windschutzscheibe.

Ich folgte seinem Blick, erkannte jedoch nichts. »Noah, alles okay?«, fragte ich ihn besorgt.

Er öffnete den Mund und wollte etwas sagen. Das Klopfen am Fenster unterbrach ihn. Scott.

Er grinste. »Wir wollen nicht ewig auf euch warten«, drang Scotts Stimme gedämpft zu uns rüber.

Inzwischen war Skye ausgestiegen.

»Bye Leute« Ich hörte wie sie sich draußen von den anderen verabschiedete.

Nachdem die anderen weg waren, machten Skye und ich uns auf den Weg nach Hause.

Ehe wir zu uns reingingen, sah ich kurz zu Noahs Haus rüber. Drinnen zogen wir die Schuhe aus. Ich gähnte.

»Ist da jemand etwa müde?«, zog Skye mich auf.

Ich stieß sie in die Seite. »Nö.«

Sie schüttelte den Kopf. »Sollte Dad nicht längst zurück sein?«, fragte sie jetzt nachdenklich und ging in die Küche.

»Genau genommen vor einer Stunde.« Ich setzte mich auf einen Stuhl.

»Er ist aber noch nicht da«, stellte Skye fest und setzte sich mir gegenüber.

Wir sahen uns nachdenklich an. Es war still. Man hörte das Ticken der Uhr. *Tick Tack*. Ich sah auf den Zeiger und folgte mit meinen Augen wie er sich weiter bewegte. *Tick Tack*.

Irgendwann hielt ich es nicht mehr aus. Das Geräusch entfachte in mir eine innere Unruhe.

Es machte mich wahnsinnig. Das plötzliche Klingeln des Telefons erschreckte mich.

Ich sah fragend zu Skye. Die schaute genauso unsicher zurück. Ich stand auf und ging zum Telefon. Wer rief um die Uhrzeit an?

Ich hob ab. »Thompson?« Skye beugte sich über mich, um mitzuhören.

»Heaven, Skye ich komme heute nicht nach Hause«, hörte ich Dads Stimme durch den Apparat.

»Wieso nicht?«, fragte ich und bemerkte Skyes seltsamen Blick.

»Es gab eine Verzögerung. Die Pläne des Projektes müssen neu besprochen werden«, drang seine Stimme zu uns rüber.

Man hörte ein Rauschen im Hintergrund und jemand, der den Namen von Dad rief.

»Es wird nur ein paar Tage dauern.«

Ich nickte, bis mir einfiel, dass er es nicht sehen konnte. »Okay«, sagte ich. So ganz glauben tat ich ihm nicht. Wahrscheinlich hatte es was mit Georgina zu tun... als sie bei uns essen gewesen war, hatte er sie schon so verliebt angeschaut.

»Passt auf euch auf. Hab euch lieb.« Damit knackte die Leitung und es war ein Tuten zu hören.

Ich drückte auf den roten Knopf und legte es weg.

»Jetzt wissen wir zumindest, dass es ihm gut geht.« Skye stand auf und ging nach oben.

Ich lief ihr hinterher. »Wohin gehst du?«

Sie drehte sich um. »Schlafen?« Damit verschwand sie in ihrem Zimmer.

Ich stand eine Weile in meinem Zimmer, ehe ich mich in mein Bett verzog. Nachdenklich sah ich an die Decke und dachte nach. Ich konnte nicht schlafen, dafür schwirrte mir zu viel im Kopf herum.

Seufzend stand ich auf und tapste barfuß zum Fenster. Die Straße wurde von Straßenlaternen hell erleuchtet.

Der Himmel war in Schwarz getränkt. Inmitten der Finsternis leuchteten Milliarden von Sternen und schauten auf mich herab.

Ich warf mir eine Jacke um die Schultern und stieg trotz der Kälte durchs Fenster aufs Dach. Auf einem kleinen Absatz legte ich mich hin - die Hände hinter meinem Kopf verschränkt - und schaute in den Himmel. Für mich war es eine besondere Nacht; eigentlich eine perfekte Nacht. Der Anschein trübte, das wusste ich.

Perfekt .... das Wort gab es für mich schon lange nicht mehr. Nach dem Tod meiner Mum verbannte ich das Wort aus meinem Gedächtnis.

Wir waren perfekt - damals. Eine Familie. Und jetzt? Mum fehlte einfach überall.

Ich schüttelte den Kopf. Niemand konnte meine Gefühle nachvollziehen. Keiner verstand, was in mir vorging. Nur die Menschen, die es miterlebt hatten. Dad und Skye.

Die anderen hatten dir nur ihr Beileid, ausgedrückt aus Höflichkeit. Sie konnten es nicht nach empfinden. Wie auch? Sie besaßen all das, was man mir entrissen hatte. Einfach so. Ohne Warnung. Mum entglitt uns. Und wir? Wir zerbrachen daran.

Noch Jahre später verfolgte uns die Vergangenheit. Ließ uns nicht ruhen.

Ich selbst konnte und wollte sie nicht vergessen. Mum blieb ein besonderer Mensch für mich.

Ihre positive Ausstrahlung, die jeden verzaubert hatte. Eine Träne löste sich und floss über meine Wange.

»Hey ...« Ich zuckte zusammen, entspannte mich aber sofort wieder. Ich musste nicht hinsehen, um zu wissen, dass *er* hier war. Noah war, ohne das ich es bemerkt hatte auf das Dach geklettert.

»Hi ...« Ich wischte mir die Träne weg. Noahs Anwesenheit beruhigte mich.

»Der Himmel sieht heute wunderschön aus«, raunte er mir ins Ohr und mein ganzer Körper war wie elektrisiert.

Ich lächelte leicht. Ich spürte wie er mir eine Haarsträhne aus dem Gesicht strich. Mein Körper spannte sich an, ich wagte kaum zu atmen.

Er kicherte. Ich schlug meine Augen auf und drehte meinen Kopf zu ihm. Noah stützte den Kopf mit der Hand ab und sah mich durchdringend an. Ich runzelte die Stirn.

»Heaven, atmen nicht vergessen.« Ich wurde leicht rot und war dankbar, dass er es in der Dunkelheit nicht sehen konnte. Ich drehte meinen Kopf wieder gen Himmel.

»Weißt du, ich schaue mir oft den Himmel an«, sagte Noah. Mein Blick wanderte wieder zu ihm.

Ich liebte es, wenn er erzählte. Noahs warmer Stimme zu lauschen, beruhigte mich, ließ mich vergessen.

Er räusperte sich. »Es gibt Tage, an denen ich mir wünsche, die Hand auszustrecken und den Himmel zu berühren.«

Ich ließ mir Noahs Worte durch den Kopf gehen.

»Oft habe ich auf dem Dach gesessen und mir die Sterne angeschaut, in der Hoffnung, eines Tages meinen zu finden.«
Ich beobachtete ihn. Er schaute verträumt in den Himmel.

Jetzt wandte er den Blick zu mir hin. »Jetzt habe ich ihn gefunden.« Er verstummte kurz. »Du bist mein Stern, Heaven.«

Das war das Süßeste, was ich in meinem Leben gehört hatte. »Noah«, murmelte ich gerührt.

»Ein einzigartiger Stern, der mich unter vielen Sternen in den Bann gezogen hat«, flüsterte er und schaute in den Himmel.

Eine Weile lagen wir da, bis sich Noah aufsetzte und die Knie an sich zog. Ich tat es ihm gleich.

Er schaute traurig in die Ferne. Ich lehnte mich an ihn. Er legte den Arm um mich, ohne den Blick abzuwenden.

»Noah?« Beim Klang seines Namens sah er mich an. Im Moment sah er so zerbrechlich aus.

Ich kannte diese schwache Seite von ihm nicht. Die Erkenntnis traf mich hart. Ich dachte, ich kenne Noah, doch ich hatte mich getäuscht. Dieser Junge zeigte jedes Mal eine neue Seite von sich.

Ich hatte ihn kein einziges Mal so emotional erlebt.

Er schüttelte betrübt den Kopf. »Heaven, ich muss dir was sagen.«

Ich sah ihn fragend an. Hatte er das alles vorbereitet? Mir schmeicheln und dann ...

»Willst du Schluss machen?«, fragte ich mit zittriger Stimme.

Er lachte leise auf. »Nein.« Dann wurde er wieder ernst. Ich verstand nichts mehr. »Noah was ist los?«

Er atmete schwer aus. »Ich bin für eine Weile weg.«

Vor lauter Anspannung hatte ich die Luft angehalten. »Zu Besuch?«, hauchte ich.

Daraufhin sah er mich unglücklich an. »Nein, für ein Stipendium in Neuseeland.«

Ich war wie benommen. Noahs Worte drangen nur schleppend zu mir durch.

Noah würde weg sein. In Neuseeland. Ca. 17 Flugstunden entfernt. Es fiel mir schwer, das zu akzeptieren.

»Wie lange?«, fragte ich.

»Für ein Jahr«, antwortete er. Unterdessen strich er mir beruhigend über den Rücken. »Wir schreiben uns und vielleicht kann ich dich zwischendrin besuchen kommen.«

Ich hielt mit Mühe die Tränen zurück und vergrub meinen Kopf in Noahs Schulter. Ich wollte ihn am liebsten nicht mehr loslassen.

Ein Jahr ohne Noah? Das würde ich nicht überleben. Die Vorstellung daran ließ mich aufschluchzen.

»Pscht ...« Er wiegte mich im Arm sanft hin und her. »Bitte wein' nicht.«

»Darum der Ausflug heute?«, brachte ich mit brüchiger Stimme heraus. Er nickte leicht.

»Wissen es die anderen?«

Er zögerte leicht. »Nein.«

Ich weinte und versank in Selbstmitleid. Ich wollte nicht, dass er ging. Er tröstete mich, bis mein Atem flacher ging und ich mich beruhigte.

»Noah?« Ich schaute zu ihm auf. Seine Augen glitzerten in der Dunkelheit.

»Ja?«, fragte er sanft und strich mir eine Haarsträhne hinter Ohr.

»Ich liebe dich.« Ich lehnte meinen Kopf an Noahs Brust. Ich lauschte dem Herzschlag, den ich selbst durch seinen dicken Hoodie hören konnte.

»Ich dich auch ... ich dich auch«, flüsterte er und küsste mich aufs Haar. »Ich werde dich immer lieben.«

In dem Moment fühlte ich mich ihm ganz nah. Er sah mich an, ehe sein Blick zu meinen Lippen wanderte.

Er beugte sich vor und küsste mich leidenschaftlich. Ich schloss meine Augen.

Wie verzweifelt hielt er mich umklammert, als könnte ich mich jeden Moment in Luft auflösen.

Ich schlang meine Arme um ihn und drückte ihn fest an mich. Versuchte, alles was ihn so besonders machte in mich aufzunehmen. Mir wurde schmerzhaft bewusst, wie sehr ich ihn vermissen würde.

Er war mir einfach zu sehr ans Herz gewachsen. Mit ihm würde ich die Hälfte meines Herzens verlieren.

Der Abschied

KAPITEL 19

Heaven

Die Fahrt zum Bahnhof über, schwieg ich. Ich musterte ihn. Ich wollte mich selbst an das kleinste Detail von ihm erinnern.

Noahs grüne intensive Augen, die, wenn er mich ansah, anfingen zu leuchten. Die weichen, braunen Locken.

Die Grübchen, die zum Vorschein kamen, wenn er lachte.

Sein sinnlicher Mund, der mich nur zu oft verführt hatte. Bei der Erinnerung daran begannen meine Lippen zu prickeln.

Ich biss mir auf die Lippe und schaute aus dem Fenster. Ich war echt nach Noah süchtig geworden.

Ein Seufzer entfuhr mir, als ich den Bahnhof in Sicht kommen sah. Ich hatte nicht geschlafen. Dunkle Augenringe hingen unter meinen Augen.

Ich gestand es mir nicht ein. Wollte es mir nicht eingestehen, dass er weg sein würde.

Ich wusste, dass er mir jeden Tag fehlen würde. Unsere gemeinsame Zeit war einfach zu schnell vergangen.

In meinem Hals bildete sich ein Kloß.

Wir holten das Gepäck aus dem Kofferraum. Eine Minute sahen wir uns schweigend an. In den letzten Tagen hatten wir jede freie Minute zusammen verbracht.

Wir wussten, dass der Abschied näher rückte.

Selbst Skye hatte mich voller Mitleid angesehen. Sie wusste, wie schwer es mir fiel.

Wir hielten auf eine Menschentraube zu. Ich sah auf die Anzeige. Noch fünf Minuten. Wir suchten uns einen Platz auf einer Bank.

Zusammengekauert saß ich da und schaute den Menschen zu. Es herrschte Lärm auf dem Bahnhof.

Züge, die Krach machten, wenn sie über auf den Schienen fuhren. Dann die lauten Stimmen der Menschen, die am Bahngleis standen und sich unterhielten. Andere die sich schluchzend in die Arme fielen.

Abschied. Wie sehr ich dieses Wort hasste. Es hatte sich wie ein Brandmal in mein Gedächtnis fest gesetzt.

Ich hatte versucht diesen Tag zu verdrängen, doch da war er. Ich seufzte.

Hinter mir dröhnte der Straßenlärm; das regelmäßige Zuschlagen von Autotüren und Geräusche der Fahrzeuge, die langsam lauter wurden und dann wieder leiser, gemischt mit quietschenden Reifen und Hupen.

Schweigend schauten wir auf die Schienen. Ich mochte diesen Ort hier nicht. Dieses laute Treiben; der ewige Krach der modernen Zeit.

Viel lieber würde ich an einem ruhigen Platz ganz alleine mit Noah sein... in seinen Armen liegen, ihn küssen und mit ihm lachen.

Ich schloss meine Augen und versuchte den Krach auszublenden. Tief atmete ich ein und aus.

Nicht einmal gut riechen tat es hier. Ach was würde ich geben für den beruhigenden Geruch von Laub und frischer Luft in der Nase, anstelle dieser verpesteten Gegend. Alles, war besser als hier zu sein...

Keiner von uns beiden sagte etwas. Wir schwelgten in Erinnerungen. Mich zerriss der Gedanke, Noah nicht mehr zu sehen, eine Fernbeziehung mit ihm führen zu müssen.

Es fühlte sich so an als würde sich mein Herz zusammen ziehen. Ich hatte solche Angst...

Wie würde ich bloß einen Tag ohne ihn überstehen? Ohne sein Lachen, seine Umarmungen und seine Küsse...

Tränen sammelten sich in meinen Augenwinkeln. Ich wollte nicht weinen, nicht vor ihm, doch es fiel mir so verdammt schwer. Lange konnte ich die Tränen nicht zurückhalten und fing an zu schluchzen.

»Mein Stern, bitte weine nicht«, flüsterte Noah und strich mir liebevoll über meine Wange.

Ich klammerte mich verzweifelt an ihn. Er legte einen Arm um meine Schulter und zog mich an ihn heran. Sofort vergrub ich meinen Kopf an seiner Schulter. Dieses Gefühl… ich würde es so sehr vermissen.

Bald kam schon der Zug.

Alles spielte sich wie in einem Traum ab. Ich sah andere sich verabschieden und die Menschentraube löste sich auf.

Jetzt waren wir so ziemlich die Letzten, die auf dem Bahnsteig standen. Ich schaute zu Noah auf, der vor mir stand. Die zwei Koffer rechts und links von ihm.

Er sah betrübt drein. Ich schaute zu ihm auf und warf mich in Noahs Arme. Er drückte mich wie verzweifelt fest an sich.

»Du wirst mir fehlen Noah.« In meinen Augen sammelten sich wieder Tränen. Ich wollte nicht, dass er ging, doch manchmal hieß es loszulassen.

»Pscht …. es ist okay. Ich schreibe dir regelmäßig und wir telefonieren.«

Nichts war okay. Am liebsten wäre ich mit ihm gegangen, doch das ging nicht.

»Versprochen?«, fragte ich jetzt. Ich schaute zu ihm auf.

»Versprochen, mein Stern.«

Wir standen eng umschlungen, bis der Zugführer das Signal zum Einstieg gab.

Wir lösten uns voneinander. Noah küsste mich verzweifelt auf den Mund, ehe er sich umdrehte und einstieg. In der Tür winkte er mir ein letztes Mal zu.

Er lächelte, wobei die Grübchen zum Vorschein kamen. Dann verschwand der Lockenkopf und die Türen schlossen sich.

Ich suchte mit meinen Augen die Fenster ab. Endlich entdeckte ich ihn.

Er hauchte gegen das Fenster und zeichnete ein Herz an die Scheibe.

Ich lächelte. Plötzlich setzte sich der Zug in Bewegung. Ich lief noch ein Stück mit und sah Noah an, schaute in seine grünen Augen. Diese grünen Augen, die mich seit unserer ersten Begegnung gefangen gehalten hatten.

Kraftlos ließ ich mich zurückfallen. Abschied. Jetzt war es wieder da. Das Wort, das ich so hasste.

Mit Tränen in den Augen schaute ich dem Zug hinterher. Leere breitete sich in mir aus.

Ich vermisse dich
KAPITEL 20

Heaven

Jetzt war Noah schon über einen Monat weg. Ich hatte es mir schlimmer vorgestellt, Noah nicht zu sehen, doch es war auszuhalten. Unter der Woche studierte ich. Ich hatte keine Zeit, sodass ich Noahs Briefe erst abends las. Beim Lesen seiner Zeilen musste ich schmunzeln.

Wenn ich Noahs Post in der Hand hielt, fühlte sich ein Teil von ihm bei mir. Die Briefe ersetzten seine Anwesenheit nicht, aber es beruhigte mich, zu wissen, dass es ihm gut ging. Er war alles für mich. Eine Welt ohne ihn konnte ich mir einfach nicht vorstellen. Wenn es ihm schlecht ging, dann mir auch; und war er glücklich, dann war ich es auch.

Diese Briefe… sie waren so wertvoll für mich, einfach nur weil sie von Noah waren.

Monate verstrichen. Noah schrieb seltener, seine Briefe wurden kürzer und flüchtiger. Wenn ich ihn darauf ansprach, sagte er, er hätte eben viel zu lernen.

Ich glaubte ihm und vertraute ihm blind. Vielleicht war es dumm von mir, doch ich konnte nicht anders.

Meine Liebe zu ihm war einfach zu stark, als das ich ihn hätte hinterfragen können. Vielleicht wollte ich auch einfach nur, dass alles beim alten blieb, sich nichts änderte...

Oft saß ich an meinem Schreibtisch, las die alten Briefe von ihm, um ihm näher zu sein. Dabei hatte ich immer ein Lächeln auf meinen Lippen. Ich hatte alle aufbewahrt. So wie diesen:

Liebe Heaven,

Es war ein anstrengender Tag, jedoch sitze ich hier am Fenster. Ich schaue hinaus in die Ferne. Wünsche mir, dich im Arm zu halten, dir zuzuflüstern, wie sehr ich dich liebe.

Mein Stern, du fehlst mir. Ohne dich fühle ich mich einsam; nicht komplett.

Die Tage vergehen quälend langsam. Öfters liege ich schlaflos im Bett und denke an unsere gemeinsame Zeit zurück.

Ich erinnere mich noch daran, wie wir Haus an Haus lebten, ohne ein Wort miteinander zu sprechen.

Immer wenn ich dich sah, raste die Achterbahn in mir erneut los. Ich dachte nicht mal in meinen Träumen daran, dass ich jemals im Leben für jemanden so viel empfinden würde.

Heaven, deine Abwesenheit lässt Leere in mir zurück. Wenn ich mit dir zusammen bin, fühlt es sich vertraut an. Dann empfinde ich das Gefühl, angekommen zu sein.

Selbst in den schlechtesten Zeiten ließ dein Lachen dunkle Wolken verschwinden.

Heaven, du bist etwas ganz Besonderes. Vergiss das nicht. Mit Dir habe ich herausgefunden, was wahre Liebe ist.

Bald kann ich dich endlich wieder in meinen Armen halten.

Ich liebe dich

Noah

Ich starrte auf die geschwungene Schrift. Ich hatte das Bild vor Augen wie er da saß und den Brief schrieb.

Seine braunen, wilden Locken fielen ihm ins Gesicht. Ein Lächeln auf seinen Lippen. Die Grübchen. Seine breiten Schultern und diese grünen Augen die immer nur so funkelten...

Das war der letzte Brief, den ich von Noah bekommen hatte.

Was war passiert? Ich machte mir Sorgen. Ich vermisste Noah...

War alles nur ein Spiel für dich?
KAPITEL 21

Heaven

Es war Montag morgens. Skye und ich saßen in der Schulbibliothek, an unseren üblichen Platz weit hinten in der Ecke. Neben uns stapelten sich Bücher.

Wir schrieben diese Woche noch so viele Arbeiten und eigentlich sollte ich lernen, doch ich konnte mich einfach nicht konzentrieren. Meine Gedanken schweiften immer wieder zu ihm. Noah.

Was er wohl gerade machte?

Ich seufzte. Vor mir lag ein aufgeschlagenes Biologiebuch. Lustlos überflog ich die Zeilen.

Ich fühlte Skyes mitleidigen Blick auf mir ruhen. Sie saß neben mir. Ich drehte mich zu ihr um. »Was ist los?«

»Weißt du es nicht?«, fragte Skye. »Die halbe Schule spricht darüber.«

Ich runzelte die Stirn. »Was Skye, was muss ich wissen? Sags' mir.«

»Ich will dir nicht wehtun, was passiert, wenn ich es dir sage«, antwortete Skye ausweichend.

»Sag es Skye, bitte«, flehte ich sie an. Ich sah Skye an, dass es sie große Überwindung kostete.

Sie schluckte. »Noah ...«

»Was ist mit ihm?«, unterbrach ich sie. In meinem Kopf spielte sich das Schlimmste ab. Was, wenn ihm etwas zugestoßen ist?

»Nein, ihm geht es gut ...«

Ich atmete tief aus. Ein Stein fiel mir vom Herzen.

»... er ist in einer neuen Beziehung glücklich«, flüsterte Skye fast. Ich hörte es trotzdem.

Noah, hatte mich verlassen? Der glückliche Teil von mir hatte nach diesen Satz aufgehört zu existieren. Ich verlor fast das Bewusstsein. Ich spürte mein Herz nicht mehr.

Meine Hände gehorchten mir nicht mehr und ich ließ den Stift fallen. Meine Augen schwammen in Tränen. Ich fing an zu laufen. Nur weg.

»Heaven, bleib stehen, wohin willst du? Komm zurück!«, rief mir meine Zwillingsschwester hinterher. Ich hörte nicht auf sie. Ich stürmte aus der Bibliothek.

Ringsherum hörte ich Autos und Menschenstimmen. Ich lief von Straße zu Straße, ignorierte die verwirrten Blicke der Passanten.

Die Bewegungen der Autos nahm ich nicht mehr wahr. Im Park angekommen, steuerte ich auf eine Sitzbank zu. Meine Schritte verlangsamten sich, je näher ich ihr kam.

Ich setzte mich. Mein Herz raste.

Aus meinen Augen tropften Tränen auf den Boden. Sie wollten nicht aufhören.

Mein Atem ging schnell. Mit meiner Hand berührte ich unsere eingeritzten Namen auf der Bank. Noah und Heaven stand da, umrissen von einem Herzen.

Ich erinnerte mich genau an den Tag, wo wir hier unsere Namen eingravierten.

Das Herz sollte ein starkes Zeichen unserer Liebe sein. Ich schluchzte bei der Erinnerung. Ich konnte nicht aufhören, zu weinen. Ich hatte Noah für immer verloren.

Stundenlang saß ich da, schaute in die Ferne und vergoss Tränen. Erinnerungen stürmten auf mich ein. Man sagt, die Sterbenden sehen ihr Leben in Bildern vorbei fliegen. Nur das ich lebte und nicht im Sterben lag. Der Schmerz zerfraß mich im Innersten. Es schmerzte.

Immer wieder stellte ich mir die Frage: Was hatte ich bloß falsch gemacht?

Als ich wieder zu mir kam, musste ich fest stellen, dass es schon spät geworden war. Ich stand auf und machte mich auf den Weg nach Hause.

Es war eine warme Sommernacht. Die Straßenlaternen leuchteten und der Mond schien fahl auf dem Weg vor mir.

Ich wartete auf den Bus. Der Letzte, der heute noch fuhr. Wie in Trance stieg ich ein und setzte mich. Meinen Kopf lehnte ich gegen das Fenster.

Ich schaute auf die vorbeiziehenden Häuser. Ich wünschte mir, dem allen zu entkommen.

Zuhause, schlich ich mich in mein Zimmer und setzte mich aufs Bett. Mein Blick fiel auf das Telefon.

Sollte ich anrufen oder nicht? Ich hörte auf mein Herz.

Ich griff nach dem Hörer. Mit zitternden Händen wählte ich die Nummer.

»Hallo?«, meldete er sich.

Ich wartete einen kleinen Augenblick, um Kraft zu sammeln.

»Hallo Noah, wie geht es dir? Du hast dich nicht gemeldet. Was hab ich falsch gemacht? Wieso hast du mich verlassen? Ich liebe dich Noah. Es fällt mir ohne deine Liebe schwer. Du fehlst mir ... antworte mir bitte.«

Plötzlich war die Verbindung abgebrochen. Ich hörte nur das Piepen im Hörer. Hatte Noah etwa aufgelegt?

Ich hatte keine Antwort auf meine Bitte bekommen.

War's das jetzt? Tiefe Trauer schnürte mein Herz zu.

Es vergingen Monate. Das Wetter wurde immer ungemütlicher. Ein kalter Wind wehte. Der erste Schnee fiel.

Ich saß am Fenster und schaute hinaus. Ich beobachtete den Schnee, wie er schwer auf die

Erde fiel. Genauso wurden meine Empfindungen zugedeckt.

Es hatte sich nichts verändert. Ich blieb das unglückliche Mädchen, verlassen, einsam, ohne Liebe.

Die Tage verbrachte ich traurig in meinem Zimmer. Ich saß am Fenster und schaute in die weiße Winterlandschaft.

Ich hatte mich warm angezogen und einen Schal um den Hals gewickelt. Über meine Schultern hatte ich eine Decke gelegt.

Ein Klopfen an der Tür ließ mich herumfahren. Ich wischte mir schnell die Tränen weg.

»Ein Brief?«, fragte ich hoffnungsvoll, nachdem ich Skye im Türrahmen stehen sah. Ich hatte die Hoffnung nicht aufgegeben, dass Noah sich meldete. Sie schüttelte den Kopf. Meine Mundwinkel wanderten nach unten.

Skye seufzte. »Heaven, ich weiß du vermisst ihn, aber du musst endlich wieder an dich denken.«

Ich schaute in den Spiegel, der schräg gegenüber des Bettes an der Wand hing.

Meine blasse Haut glich einem Bettlaken. Die Haare zerzaust und meine Klamotten, die mir zu groß geworden waren. Ein erschreckendes Bild.

Ich verstand Skye, dass sie sich sorgte, bloß es war schwer für mich. Eine Müdigkeit überkam mich plötzlich. Das passierte öfters in letzter Zeit. Ich fühlte mich ausgelaugt und müde.

»Heaven, du machst dich nur fertig, wenn du damit nicht aufhörst.« Ich zuckte mit den Schultern.

Skye seufzte und kam auf mich zu. »Ich will meine alte Heaven zurück. Das glückliche Mädchen, dass so hell wie die Sonne gestrahlt hat«

»Diese Heaven gibt es nicht mehr«, flüsterte ich und sah sie kurz an.

Ich wollte doch nur Noah zurück. Seine Hände auf mir spüren, wenn er mich fest im Arm hielt, seine vollen Lippen auf meinen spüren, wenn er mich zärtlich küsste.

Ich wollte wieder mit meiner Hand durch seine flauschigen Haare fahren und ihm dabei tief in die Augen blicken.

In diese wunderschönen grünen Augen, die mich jedes Mal auf Neue angestrahlt hatten.

»Du bist stark Schwesterherz, lass dich nicht wegen irgend eines Jungen unterkriegen. Er hat dich nicht verdient. « Sie streichelte mir beruhigend über den Rücken.

»Er ist nicht irgendein Junge… er hat mein Herz gestohlen«, hauchte ich. Mein Körper fing an zu zittern. Mir war eiskalt.

Skye bemerkte es natürlich sofort. »Wie wär's wenn ich dir einen Tee mache und wir uns dann einen schönen Film anschauen?« Sie lächelte mich aufmunternd an.

»Klingt gut.«

Kaum war ich alleine, wanderten meine Gedanken wieder zu Noah.

Ich hatte gedacht, dass er mich nie verlassen würde, hatte gedacht, dass unsere Liebe stark wäre. Die Entfernung hatte alles kaputt gemacht.

Ich seufzte. Lief überhaupt mal irgend etwas in meinem Leben richtig? Ich hatte kein Glück...

Langsam wurde es mir zu unbequem auf der Fensterbank. Schleppend stand ich auf und legte mich in mein unordentliches Bett.

Noahs Briefe lagen hier noch überall herum...

»Guck mal ich hab dir deinen Lieblingstee gemacht.« Lächelnd kam Skye in mein Zimmer. Ihr Blick fiel auf die Briefe und wanderte dann zu mir. Sie seufzte.

»Danke«, murmelte ich und nahm die dampfende Tasse an mich. Ich sog den Duft ein. Es roch nach Apfel und Zimt: Ich liebte diesen Früchtetee. Mum hatte ihn auch gemocht...

»So auf welchen Film hast du Lust?«, fragte mich Skye jetzt und machte es sich in meinem Bett bequem.

Sie versuchte die bedrückende Stimmung aufzulockern, das wusste ich. Mum war genauso... wieso musste ich jetzt bloß auch noch an Mum denken...

Skye merkte, dass etwas nicht stimmte. Sie schaute auf die Tasse und zu mir.

»Vergiss für einen Moment alles, okay? Wir beide schauen uns jetzt einen guten Thrillerfilm an.«

»Du und Thrillerfilme?« Ich sah sie skeptisch an.

»Wieso nicht? Wird doch ganz nett«, erwiderte sie schulterzuckend und startete einen Film.

Ich schüttelte nur den Kopf, musste aber leicht grinsen. Das kann was werden.

Besuch im Krankenhaus
KAPITEL 22

Skye

Heaven war wieder eingeschlafen. Ich seufzte tief, stand auf und deckte sie vorsichtig zu. Dann sammelte ich die Briefe auf, die zerstreut auf ihrem Bett lagen.

Leise zog ich die Tür hinter mir zu. Das gefiel mir gar nicht. Ich machte mir Sorgen um meine Zwillingsschwester. Ich spürte, wie schlecht es ihr ging.

Ich ließ mich auf den Stuhl fallen und starrte die Wand an. Ich dachte nur wieso.

Wieso Noah? Was hatte Heaven falsch gemacht?

Alles war doch perfekt gewesen. Hatte er etwa nur mit Heavens Gefühlen gespielt? Nein… das konnte nicht sein.

Er war doch genauso verliebt in Heaven gewesen wie sie in ihn. Kaum stand sie vor ihm, hatte er immer dieses Funkeln in seinen Augen gehabt.

Er konnte sich doch nicht so schnell in jemand neues verlieben... die beiden gehörten einfach zusammen.

Was war bloß genau passiert? Wie konnte er sie einfach so verlassen?

Ich schüttelte den Kopf. Noah hatte meine Schwester einfach fallen lassen so als wäre sie nichts Besonderes für ihn gewesen.

Er war einfach aus ihrem Leben verschwunden. Keine Erklärung... nichts... nur Funkstille.

Wie hatte er so herzlos sein können? Niemals hätte ich das von ihm erwartet. Heaven war die letzte Person, die sowas verdient hatte. Jeder, nur nicht sie.

Sie war ein wandelnder Sonnenschein, immer so hilfsbereit und glücklich. Stellte sich selbst an zweiter Stelle, die anderen voran.

Noah wie konntest du ihr das antun? Welchen Grund hattest du bloß?

Egal wie sehr ich mir auch den Kopf zerbrach, ich kam zu keiner Lösung. Doch eins wusste ich: ich würde ihm den Schmerz, den er Heaven zugefügt hatte niemals verzeihen.

Später mit Dad im Krankenhaus. Wir saßen im Wartezimmer. Wie alle Wartezimmer wirkte es kühl und unpersönlich. Nervös wippte ich mit dem Fuß. Ich schaute auf die Uhr. Die Zeit zog sich wie Kaugummi quälend in die Länge. Seufzend sah ich mich um.

Ein Junge kramte nach Geld in den Hosentaschen seiner zerrissenen Jeans. Er fand ein paar Münzen und schob sie in den Automaten. Anschließend drückte er auf den Knopf.

Der Schokoriegel, bewegte sich, ehe er stoppte. Der Junge starrte auf den Automaten.

Er drückte nochmals auf den Knopf. Da der Automat keine Regung zeigte, schlug der Junge mit dem Fuß gegen ihn. Ich zuckte zusammen und sah mich weiter um.

Wohin man sah, erblickte man nichts anderes als weiße Wände und angespannte Gesichter der Wartenden.

Die Ärzte und Mitarbeiter lächelten, um zu zeigen, dass alles gut sei. Dabei stimmte das nicht. Nichts davon!

»Wieso habe ich es nicht gemerkt?«, seufzte Dad.

Mein Blick huschte zu ihm. Er hob den Kopf und schaute mich traurig an.

»Dad ...«, fing ich an.

Er unterbrach mich. »Das ist alles meine Schuld.«

Ich umarmte ihn. »Hör auf, dir die Schuld zu geben.«

»Ich hätte für euch da sein sollen«, murmelte er tief betroffen.

Nach langer Wartezeit sahen wir den Doktor mit Heaven kommen. Ein Blick in ihr Gesicht genügte, um mir zu sagen, dass es nicht gut um sie stand.

Ich schlug die Augen nieder.

Alles wird anders
KAPITEL 23

Heaven

Mein komplettes Leben hatte sich verändert.

Ich hätte nie gedacht, dass es mich trifft. Ich litt an einer akuten Leukämie. Das traf mich hart. Warum ausgerechnet ich?

Ab sofort hieß es alle zwanzig Tage Chemotherapie. Man flößte mir die Medikamente über einen Port ein, da meine Venen immer schwerer zugänglich wurden.

Darüber hinaus verging mir die Lust am Trinken und Essen. Nichts schmeckte richtig, alles fade, fast schon widerlich.

Ich lernte alle Begleiteffekte kennen, die man während einer Therapie erdulden muss.

Ich stöhnte auf. Die starken Kopfschmerzen wurden unerträglich. Ich griff zu den Medikamenten und legte mich ins Bett.

Das Schlimmste an dieser Zeit war, dass ich sie mit Untätigkeit verbringen musste.

Mich zu konzentrieren, fiel mir schwer. Ich fühlte mich miserabel.

Um meine Stimmung ein bisschen aufzuheitern, schlugen Skye und Dad eine Reise nach Italien an die Küste vor. Ein Versuch war es wert.

Heute war der Tag der Anreise gekommen. Das Taxi parkte am Flughafen und wir packten das ganze Gepäck auf die Wagen. Es war erst vier Uhr. Also noch genügend Zeit.

Wir gingen zum Check-In und gaben unsere Koffer ab. Alles verlief problemlos und zügig. Niemand sprach.

Es herrschte eine bedrückende Stimmung. Wir wussten, das war kein richtiger Urlaub und auch, dass dieser gemeinsame Ausflug vielleicht mein letzter sein würde.

»Wer hat Lust auf Eis?«, durchbrach Skye die Stille zwischen uns Dreien.
Sie versuchte die Stimmung aufzulockern. Hoffnungslos.

Ich zuckte mit den Schultern. Es war mir egal. Dad lächelte betrübt. »Wieso nicht? Hier gibt es sogar das Softeis mit Schokolade überzogen, das was du so sehr liebst Heaven.«

Die Zwei gaben sich solche Mühe mich aufzuheitern und jedes Mal, wenn ich ihnen nicht die fröhliche Seite von mir geben konnte, fühlte ich mich schlecht.

Sie konnten doch nichts dafür, dass Noah mich verlassen hatte. Ich sollte es wenigstens versuchen und das tat ich auch.

»Ich bin dabei«, erwiderte ich und zwang mir ein Lächeln auf. Sie sollten mich nicht ständig so gebrochen sehen müssen.

Dad und Skye fingen an zu strahlen, als ich zustimmte und diesmal nicht nur mit den Schultern zuckte wie sonst immer.

Meine Schwester zog mich sofort am Handgelenk hinter sich her. »Na los, was stehen wir hier noch herum.«

Kurz darauf saßen wir bei Mc Donald's und verschlangen unser Eis.

»Ich wollte schon immer nach Italien«, sagte ich und lächelte zum ersten Mal seit langer Zeit.

»Da sind wir schon zwei«, erwiderte Skye grinsend und schaute auf ihr fast geschmolzenes Eis hinunter. Sie seufzte. »Ganz toll.«

Ich konnte mir ein Lachen nicht verkneifen. »Du hast irgendwie immer am Ende Suppe statt Eis.«

Sie sah mich empört an. »Stimmt doch gar nicht.«

Das Klingeln eines Handys ließ uns verstummen. Dads Handy.

Ich schaute auf den Display. Georgina. Ich hatte es gewusst, dass da was lief.

Wann es genau passiert war wusste ich zwar nicht, doch ich freute mich für Dad. Er hatte jemanden gefunden, die ihn glücklich machte.

Dad schaute unschlüssig auf sein Handy.

»Na los, geh ran«, drängte ihn Skye.

Ich nickte zustimmend.

Erleichtert hob er ab. »Hallo Schatz, kann ich dich vielleicht später im Flugzeug kurz zurück rufen?« Nach kurzer Zeit legte er auch schon auf.

»Wir sollten uns langsam auf den Weg machen«, sagte er mit einem Blick auf die Uhr. Na dann, es ging los.

Endlich im Flugzeug. Dad telefonierte mit Georgina, während wir uns umsahen. Es war bereits rappelvoll und es waren noch nicht mal alle Passagiere im Flieger. Geschweige denn an ihren zugewiesenen Plätzen.

Nach und nach trudelten dann doch noch alle ein und drängten sich mit ihrem Handgepäck durch den viel zu engen Gang. Dann setzten sie sich endlich.

Ich lehnte meinen Kopf an das kleine Fenster des Flugzeugs und schaute auf die Startbahn.

Italien, wir kommen.

Die Flugzeit verging relativ schnell und als das Flugzeug landete, wurde erst einmal ordentlich geklatscht. Schnell verließen wir das Flugzeug.

Die Passkontrolle durchliefen wir deshalb sehr schnell und bei den Koffern kamen wir auch schnell voran.

Vollgepackt steuerten wir nun auf den Ausgang zu.

Ich freute mich auf die Zeit hier.

Die meiste Zeit verbrachte ich dort im Hotel und sah den beiden aus dem Fenster zu, wie sie am Strand entlang liefen.

Ich seufzte und kämmte meine Haare.

Da sie sich verheddert hatten, zog ich leicht daran und erstarrte. Mein wunderschönes Haar hing büschelweise in dem Kamm.

Leicht zog ich an einer Strähne, die sich auch sofort löste. In meinen Augen bildeten sich Tränen. Jetzt war das eingetreten, wovor ich insgeheim am meisten Angst gehabt hatte. Ich legte den Kamm beiseite.

Ich schaute auf mein Kissen und unterdrückte ein Schluchzen. Ich knüllte die Haarbüschel zusammen und schmiss sie weg. Die Erkenntnis, dass ich mich jeden Tag einer Glatze näherte, schmerzte.

Skye war mittlerweile zurück vom Strand und sah mich mitfühlend an. »Hey ...« Sie legte die Hand auf meinen Arm. »Du wirst gesund. Versprochen.«

Ich wusste, dass sie log. Wer wusste schon, was in der Zukunft passierte?

Irgendwann bat ich Dad, sie abzurasieren. Skye saß neben mir und hielt meine Hand.

Mir flossen Tränen über die Wangen. Ich spürte, wie mein Kopf immer leichter wurde.

»Fertig, Mäuschen.« Er gab mir einen Kuss auf meinen kahlen Kopf, ehe er mich umarmte.

Ich vergrub weinend meinen Kopf an seiner Schulter. »Pscht ...« Er wog mich leicht hin und her.

Die letzten Tage am Meer, packte mich die Sehnsucht rauszugehen. Ich zog mir schnell eine Mütze über den Kopf. Es zog mich an den Strand. Endlich... das weite Meer.

Ich konnte nicht mehr in Selbstmitleid versinken. Es brach mir das Herz, Dad und Skye wegen mir unglücklich zu sehen.

Auf wackeligen Beinen schlich ich mich von hinten an die beiden ran. Einmal blieb ich kurz stehen, da mir leicht schwindelig wurde, bis ich weiter lief.

Als ich hinter den beiden stand, pikste ich sie in die Seite. Beide schraken auf. Verwirrt sahen sie sich um.

Das erste Mal seitdem ich von meiner Krankheit erfahren hatte, lachte ich.

Die beiden musterten mich, ehe sie anfingen zu grinsen.

Wir liefen umher. Ich fühlte mich frei. Ich lachte und achtete nicht auf den Weg. Plötzlich war es passiert. Ich stolperte und verlor mein Gleichgewicht. Mein Kopf schlug hart auf.

Ich sah Sterne vor meinen Augen tanzen. Mein Blickfeld wurde schwarz.

Mein Kopf pochte. Was war passiert? Langsam öffnete ich meine Augen und sah mich um. Ich lag in einem weißen Bett und bemerkte zahlreiche Schläuche.

War ich in einem Krankenhaus?

Das Piepen der Geräte erfüllte die Stille. Ich wusste nicht, wie ich hierher gekommen war, geschweige denn warum.

»Wie geht es dir?« Ich sah meinen Dad nur schemenhaft.

Ich versuchte zu lachen. Schon das kostete mich Kraft.

»Wir haben uns solche Sorgen um dich gemacht.« Dad strich über meine dünne Hand und hielt sie fest. Auch ihm war die Anstrengung und Sorge deutlich anzumerken.

Die Tür öffnete sich. Skye kam mit einem Glas Wasser in der Hand herein. Als sie bemerkte, dass ich wach war, lächelte sie leicht.

»Heaven.« Sie umarmte mich vorsichtig. Dann hielt sie mir das Glas hin. »Hier, trink ein wenig.«

»Danke.« Ich nahm einen kleinen Schluck Wasser, viel mehr ging nicht.

Skye sah skeptisch auf mein noch volles Glas, sagte aber nichts. Sie zog sich einen Stuhl an das Krankenbett.

»Heaven? Erinnerst du dich noch daran was passiert ist?«, fragte Skye. Sie war ganz unruhig, wippte mit ihrem Fuß und knabberte an ihrer Unterlippe.

Was war nochmal genau passiert? Ich dachte nach. Dann fiel es mir wieder ein. Das Meer, Dad und Skye und dann stolperte ich und sah nur noch schwarz.

Ich nickte. »Ja, das war echt ein blödes Missgeschick.« Wieso hatte ich auch nicht auf den Weg geachtet?

»Keine Sorge, alles ist gut gegangen«, erwiderte Skye und griff nach meiner Hand. »Ich bin einfach so froh, dass nichts schlimmes passiert ist.« Skye war einfach toll.

Dad räusperte sich. »Krankenhäuser besuche ich jetzt aber nicht so gerne Skye.«

Skye rollte mit den Augen und ich selbst musste mir ein Lachen verkneifen. Typisch Dad. Er musste aber auch alles kommentieren.

»Was ist eigentlich mit den restlichen Tagen, die wir in Italien noch gehabt hätten?«

Ich war einfach immer noch so traurig, dass nichts so funktionierte wie ich wollte. Wieso musste ich auch hinfallen?

Skye schlug sich mit der Hand gegen die Stirn. »Heaven, du liegst gerade im Krankenhaus, das sollte deine einzige Sorge sein.«

»Jaha«, brummte ich. Ein Kleinkind war ich schon lange nicht mehr, nur manchmal hatte ich das Gefühl, als würde mich Skye so behandeln...

Die Zeit verging wie im Flug, wir redeten und lachten viel. Dann brach die Nacht herein.

»Ihr solltet gehen und euch ausruhen. Mir geht's gut. Ich bin hier im Krankenhaus gut aufgehoben.«

Dad wollte protestieren.

Ich schüttelte den Kopf. »Du musst wieder zurück zur Arbeit.«

Widerwillig stand er auf. Er gab mir einen Kuss auf die Stirn. »Hab dich lieb, Mäuschen«, murmelte er.

»Ich dich auch, Dad«, sagte ich. Dad drehte sich an der Tür ein letztes Mal um und schaute zu Skye.

»Ich bleib noch ein bisschen«, entgegnete sie. Er nickte leicht und schloss die Tür leise hinter sich.

Ich sah ihm hinterher und versank in Gedanken. Was war nur aus mir geworden? Da lag ich nun. Krank. Das konnte auch nur mir passieren. Leukämie und dann noch ein Unfall.

Ich sah zu Skye. »Kannst du mir einen Gefallen tun?«, fragte ich leise. Sie sah mich abwartend an.

»Zuhause unter meinem Kissen liegt ein Brief für Noah«, flüsterte ich.

»Heaven ...«

»Bitte Skye. Es ist mein letzter Wille, falls ich es nicht schaffe«, flehte ich sie an. Ich fühlte mich erschöpft.

»Sag das nicht! Du schaffst das, du wirst gesund«, fing sie an zu schluchzen.

Traurig sah ich sie an. Es machte mich fertig, sie so unglücklich zu sehen.

»Komm her.« Ich streckte meine Arme nach ihr aus. Sie beugte sich runter und umarmte mich.

»Alles wird gut.« Ich drückte ihr einen Kuss aufs Haar und streichelte zärtlich ihre Hand.

Schlechtes Timing für Liebe
KAPITEL 24

Skye

Ich hing meine Jacke auf und schlüpfte aus den Schuhen. Sofort stieg ich die Treppe hinauf.

Ich fühlte mich hilflos und zerbrechlich. Ich sah Heaven wie eine Blume verwelken. Früher hatte sie gestrahlt.

Ich wischte mir die Tränen weg. Heaven wollte, das ich stark blieb.

Ein leichtes Lächeln schlich sich auf meine Lippen bei dem Gedanken daran, dass ich *etwas* für sie tun konnte. Auch, wenn es sich bloß um einen Brief handelte. Ein Brief für Noah. Ausgerechnet er. Ich verdrehte die Augen.

Ich betrat ihr Zimmer und ging zum Bett. Es war genauso wie Heaven es beschrieben hatte. Unter dem Kissen zog ich den Brief hervor. Ich starrte den Umschlag an und stieß einen Seufzer aus.

Um Dad nicht zu wecken, schlich ich leise in mein Zimmer. Ich fasste einen Entschluss: Ich muss Noah treffen. Sofort.

In aller Eile suchte ich meinen alten Rucksack raus. Da kamen die wichtigsten Sachen für die Reise nach Neuseeland rein. Ich kratzte das letzte Geld aus der Spardose zusammen.

Für Dad hinterließ ich eine kurze Notiz auf dem Küchentisch. Ich ging nach unten. Ein letzter Blick zurück.

Jetzt war ich voller Optimismus.

Ich fischte das Handy aus meiner Hosentasche und wählte die Nummer des Marshmallow-Jungen. Es klingelte lange, bis er verschlafen abnahm. »Hallo?«

»Kannst du mich zum Flughafen fahren?«

Es dauerte nicht lange, da sah ich schon Dylans schwarzen Wagen die Einfahrt hochfahren. Endlich.

Ich wandte mich vom Fenster ab. Dann schlich ich die Treppe nach unten und warf mir schnell noch eine Jacke über.

Hastig schnappte ich mir noch den Umschlag und meine Handtasche, dann verließ ich das Haus. Ohne ein Wort stieg ich in seinen Wagen. Ich spürte Dylans verwirrten Blick auf mir. Er wurde unruhig.

»Skye, willst du mir endlich sagen was los ist?«

Ich schwieg und starrte nach vorne. Den Brief hielt ich fest umklammert. Noah... alles wegen ihm.

Dylans Stimme riss mich aus meinen Gedanken.

»Du kannst mich doch nicht mitten in der Nacht anrufen und mich dann einfach ignorieren! Verdammt Skye, was ist los?«, rief er und blickte mich flehend an. »Ich mach mir Sorgen um dich.«

Genervt sah ich ihn an. »Können wir bitte einfach fahren?« Ich wollte, so schnell es ging, Noah den Brief geben.

»Ich fahre hier nirgendwo hin solange du mir nicht sagst was lost ist«, entgegnete mir Dylan stur.

Er trieb mich noch in den Wahnsinn. Er sollte fahren, was war so schwer daran?!

»Es geht um Heaven. Sie liegt im Krankenhaus und ich muss Noah so schnell es geht das hier geben!« Ich wedelte mit dem Brief in der Hand umher. »Das ist los!«, rief ich völlig verzweifelt.

Sein Blick wurde sanft. »Oh... das wusste ich nicht Skye, es tut mir leid.« Er griff nach meiner Hand, doch ich schlug sie weg.

»Bist du jetzt zufrieden? Hättest du nicht einfach fahren können?«, fragte ich ihn und funkelte ihn böse an.

»Nein«, erwiderte er ruhig.

Ich verdrehte die Augen und wandte mich von ihm ab. Stille. Es war stockdunkel.

»Wieso nicht?«, fragte ich nach einer Weile als ich mich wieder beruhigt hatte.

»Weil du mir wichtig bist ...« Er umfasste mit seiner Hand mein Gesicht und zwang mich so ihn anzusehen. Ich merkte, dass ihm etwas auf dem

Herzen lag. Er rang mit sich. »Du bist der Grund warum sich jeder einzelne Tag lohnt. Dich zu sehen ist wunderschön, weil du so perfekt bist und ich möchte nicht, dass du je traurig bist.«

Ich wusste nicht was ich sagen soll. Ich nahm seine Hand und verschränkte sie vorsichtig mit meiner. Diese Worte von ihm zu hören… dieses Gefühl das ich gerade verspürte, war einfach unbeschreiblich.

Sanft streichelte ich mit meinem Daumen über seinen Handrücken und schaute ihm dabei in die Augen.

Er schluckte nervös. Niemand löste den Blick vom jeweils anderen. Es war wie ein Traum.

Dylan verringerte den Abstand zwischen uns indem er mich leicht zu sich zog. Er legte seine Hand hinter meinen Hinterkopf und drückte sanft seine Lippen gegen meine.

Dieser Kuss war voller Gefühle. Es fühlte sich so verdammt gut an.

Ich hatte ja keine Ahnung wie sehr ich mich nach diesem Moment gesehnt hatte. Ich wünschte, er würde gar nicht aufhören. Dieser Kuss war anders als sonst. So besonders.

»Prinzessin«, drang seine Stimme beruhigend auf mich ein, als seine Hände sich um meine umschlossen und er unsere Stirn aneinander brachte.

Ich sollte mich davon nicht beeinflussen lassen, doch ich tat es. Er war Balsam für meine Seele.

»Das hier wollte ich schon seit dem Lagerfeuer damals auf eurem Konzert tun«, flüsterte er und ich lächelte.

Langsam löste er sich von mir. »Ich würde dich so gerne weiter küssen, aber du musst zum Flughafen.«

Das hatte ich total vergessen… widerwillig nickte ich und Dylan startete den Motor des Wagens.

Während der Fahrt schaute ich immer wieder zu ihm. Ich konnte es einfach immer noch nicht realisieren.

Niemand von uns wusste was er sagen sollte. Ich war froh als endlich der Flughafen in Sicht kam.

Wir stiegen aus. Dylan nahm mich sofort in den Arm.

»Wir sehen uns wieder, pass bitte auf dich auf.«

»Mach ich.« Ich drückte ihn fest an mich und genoss seine Umarmung. Am liebsten würde ich ihn gar nicht mehr loslassen, doch ich musste. Meinen Flug durfte ich auf keinen Fall verpassen.

Widerwillig löste ich mich von ihm, doch er ließ mich nicht ganz los. Noch nicht. Er hatte anderes vor. Da spürte ich seine Lippen auf meinen. Ich gab mich dem Kuss komplett hin und lehnte mich gegen ihn. Leider löste er sich viel zu schnell von mir.

»Na los, ich will nicht das du zu spät kommst.«

Ich seufzte, nickte aber. Einen Kuss auf seine Wange konnte ich mir aber nicht verkneifen.

Er lächelte und hielt meine Hand fest. Diese ließ er erst los als ich mich weiter von ihm entfernte. Dann drehte ich mich um und hielt auf den Eingang zu.

Alles flog an mir vorbei, nur verschwommen nahm ich mein Umfeld noch wahr. Der Kuss, Heaven und der Brief für Noah schwirrten in meinem Kopf umher.

Ein Brief ändert alles
KAPITEL 25

Noah

»Noah, eine Nachricht für dich!« Mrs. Kansas hielt mir einen Umschlag entgegen.

Ich war verwirrt. »Danke.« Ich schaute mir den Brief kurz an und packte ihn in meine Hosentasche.

»Er scheint wichtig zu sein«, beteuerte Mrs. Kansas. Ich verdrehte die Augen. Pflegeeltern konnten manchmal nervig sein. Ich schloss die Tür und schlenderte gelassen zu meinen Freunden. Noch ging es mir gut. Ich hatte nicht die leiseste Ahnung.

Ich kam mal wieder etwas zu spät zum Treffpunkt, doch es war mir egal.

»Na da bist du ja endlich«, rief Kyle und legte einen Arm um meine Schulter. »Wo hast du dich denn wieder herumgetrieben.«

»Ist privat«, erwiderte ich lachend. Kyle zählte ich mittlerweile zu meinem besten Freund. Er war lustig und mit ihm konnte man viel Blödsinn machen.

»Ah so ist das«, zwinkerte mir Hardin zu und zog an der Zigarette. Dann stieß er den Rauch aus und drehte sich um.

»Die anderen warten schon drinnen.« Mit diesen Worten warf er die Zigarette weg und lief los.

Während wir bowlten, hatte ich keine Ruhe. Mein Herz zwang mich, den Brief zu öffnen und zu lesen.

Ich entschuldigte mich kurz und setzte mich in eine Ecke. Ich fühlte den Brief.

Das Stück Papier fühlte sich vertraut an. Meine Gedanken schweiften zu Heaven. Was sie wohl gerade trieb?

Ich schüttelte den Kopf. Ich *musste* sie vergessen. Seufzend fuhr ich mir mit der Hand durch die Haare.

Der Brief ließ mir keine Ruhe. Ich gab nach und zog ich ihn aus der Tasche.

»Hey, wieso sitzt du hier so alleine?« Sophia lehnte ihren Kopf an meine Schulter.

Erst jetzt bemerkte ich, dass sich alle außer mir vergnügten.

»Ich muss nur ein wenig an die frische Luft«, gab ich zur Antwort. Unauffällig ließ ich den Brief zurück in die Hosentasche verschwinden.

Ich ging aus der Halle. Vor dem Eingang blieb ich stehen. Meine Hand wanderte zu meiner Hosentasche. Ich zog den Brief heraus und faltete ihn auf. Ich fing an zu lesen:

Sankt Marien Hospital

Mein unvergesslicher Noah,

ich schreibe dir diesen Brief und beobachte aus dem Fenster, wie der Schnee fällt. Es ist schon der zweite Winter ohne dich. Draußen ist es kalt geworden. Es ist so kalt wie in meiner Seele. Meine Augen haben nicht aufgehört, Tränen zu vergießen, obwohl eine halbe Ewigkeit vergangen ist, seitdem wir uns gesehen haben. Die letzten Tage sitze ich hier einsam und alleine im Krankenhaus, und schaue aus dem Fenster, mit der Hoffnung, du würdest vorbeikommen. Vergeblich, mein Herz hatte sich getäuscht; du kamst nicht. Jetzt bist du glücklich. Du hast jemand Neues gefunden; mich verlassen. Du umarmst eine andere, du küsst eine andere, trotzdem kann ich nicht aufhören ununterbrochen an dich zu denken. Meine Trauer und Sehnsucht nach dir wuchs von Tag zu Tag. Daraus wurde im Laufe der Zeit eine Krankheit. Noah, ich weiß nicht, ob ich je wieder gesund werde. Vielleicht muss ich sterben. Ich leide an Leukämie. Noah, ich weiß nicht, wann die letzte Stunde meines Lebens schlagen wird. Wenn du diesen Brief öffnest und ihn liest, ist vielleicht meine Seele nicht mehr auf dieser Welt. Ich wünsche dir alles Gute in deinem Leben, viel Liebe und Glück.

Niemals vergessen und lieben wird dich
deine Heaven

Tränen rannen mir ununterbrochen über das Gesicht. Ich stopfte den Brief zurück in meine Hosentasche und fing an zu rennen. Ich verschwendete keinen Gedanken an meine Freunde; an meine Freundin.

Ich hetzte von Straße zu Straße in Richtung des Hauses von Mrs. Kansas. Ich achtete nicht auf Pfützen. Regen peitschte mir ins Gesicht.

Verschwitzt und erschöpft kam ich dort an. Ich stieß die Tür auf und lief geradewegs in mein Zimmer. Ich griff nach meinem Rucksack, stopfte wahllos ein paar Klamotten hinein.

»Noah, wo willst du denn hin?«

Ich drehte mich um und sah Mrs. Kansas im Türrahmen stehen. Sie blickte verwirrt auf mein Chaos im Zimmer was ich angerichtet hatte. Überall flogen Sachen umher.

»Ich muss sofort zurück nach Alaska.« Mit diesen Worten schnappte ich mir meinen Rucksack und düste an ihr vorbei. Hektisch lief ich die Treppe runter. Mrs. Kansas folgte mir.

»Was ist denn passiert?«, fragte sie verwirrt.

Ich zog mir meine Jacke und Schuhe an, schnappte mein Handy, Geldbeutel und Schlüssel. Dann zog ich die Tür auf. Ich blieb kurz stehen und drehte mich zu ihr um.

»Ich gehe zu dem Mädchen, dass ich, obwohl ich es liebe, verlassen habe.«

»Viel Glück Noah.« Sie lächelte mich an.

Ich nickte. »Danke.« Sofort machte ich mich auf den Weg zum Flughafen.

Als ich endlich dort ankam, lief ich sofort zum Schalter.

»Guten Tag, ein sofortiger Flug nach Anchorage bitte.« Ich fuhr mir gestresst durch die Haare. Es musste einfach noch einen Platz für mich im Flugzeug geben.

»Guten Tag, es könnten jedoch Gebühren anfallen junger Mann«, erwiderte eine etwas ältere Frau und sah mich eindringlich ein.

Ich zuckte mit den Schultern. Mir war es egal. Mir war alles egal, Hauptsache ich kam zu Heaven.

»Sie haben Glück, heute wollen nicht so viele Passagiere nach Anchorage, haben sie einen Moment Geduld.«

Die Dame händigte mir nach kurzer Zeit ein Ticket aus. Ich bedankte mich bei ihr.

Durch den Check-In und die Passkontrolle kam ich schnell voran. Dann saß ich endlich im Flieger.

Die Zeit verging einfach viel zu langsam. Ständig schaute ich auf meine Uhr.
Mittlerweile waren erst fünf Stunden vergangen. Der Flieger sollte langsam landen, sonst würde ich hier noch verrückt werden.

Seufzend lehnte ich meinen Kopf gegen das Fenster und schaute auf die Wolkendecke herab. Wie hatte ich Heaven bloß so verlassen können? Sie war doch mein Mädchen. Was hatte ich nur getan…

Ich konnte es mir nicht verzeihen, den Schmerz den ich ihr hinzugefügt hatte. Sie war nur meinetwegen im Krankenhaus. Ich hasste mich dafür... so sehr.

Wie hatte ich so egoistisch sein können? Nur an mich selbst denken, sie einfach von mir stoßen, so als wäre sie ein Niemand. Dabei war sie doch das Wertvollste auf Erden...

Was, wenn ihr Herz schon aufgehört hatte zu schlagen, wenn ich bei ihr ankam? Was, wenn es schon zu spät war?

Was würde ich dann tun? Wie sollte ich dann leben? Ohne sie? Mit dem Wissen, dass es meine Schuld war. Alles meine Schuld...

Verzweifelt fuhr ich mir durchs Haar und unterdrückte die aufkommenden Tränen.

Ich durfte nicht so denken, noch war nichts verloren. Ihr ging es vielleicht schon wieder besser...?

Ach was machte ich mir bloß vor, nichts würde so sein wie vorher. Nie wieder.

Ich klingelte wie wahnsinnig an der Tür und vernahm dann laute Schritte, die sich näherten. Kurz darauf wurde die Tür geöffnet.

»Du hast ihn bekommen?«, fragte Skye. Ich nickte.

»Es ist alles deine Schuld. Ich hasse dich.« Sie drückte mir einen Zettel in die Hand, ehe sie die Tür zuknallte. Ich lugte auf das Stück Papier. Die

Adresse vom Krankenhaus und die Zimmernummer.

Hektisch rief ich ein Taxi. Ich klammerte mich an den Sitz. Ich fühlte mich niedergeschlagen. Es war meine Schuld, dass Heaven mit ihrer Krankheit kämpfen musste.

Wieso hatte ich das bloß getan? Wie hatte ich so herzlos handeln können? Die Schuldgefühle zerfraßen mich von innen. Hoffentlich würde sie mich ansehen... wenn sie mir den Rücken zukehren würde... was dann?

Ich konnte und wollte nicht mehr ohne sie leben. Ohne meine Heaven. Mein Kopf drohte zu explodieren. Ein ganzes Gedankenchaos.

»Fahren sie schneller!« rief ich dem Taxifahrer zu und starrte auf die Straße.

»Aber Sir...«

Ich unterbrach ihn. »Fahren sie gefälligst!«

Das tat er dann auch. Wir rasten durch die Straßen von Anchorage und dann... endlich sah ich es. Das Hospital.

Ich zahlte, stieg aus und rannte auf das große Gebäude zu.

Die Tür des Aufzugs öffnete sich. Ich atmete tief aus und hetzte durch die Gänge, bis ich das Zimmer fand.

Ich legte die Hand auf die Türklinke. »Gehören sie zur Familie?«, hielt mich eine Krankenschwester zurück. Ich schüttelte den Kopf.

»Dann dürfen sie hier nicht rein. Heaven braucht heute Ruhe.«

Ich sah sie bittend an. Verzweifelt fuhr ich mir durchs‘ Haar.

Sie sah sich kurz um, ehe sie mich hinein scheuchte. 'Danke' formte ich stumm mit meinen Lippen. Jetzt stand ich in ihrem Zimmer.

Dunkelheit umhüllte mich. Ich näherte mich ihrem Bett, beugte mich zu Heaven, griff nach ihrer Hand und küsste sie auf die Stirn.

Sie bewegte leicht ihren Kopf in meine Richtung. »Noah?«

Sie nahm meine Hand und hauchte einen Kuss darauf. Ihre Lippen fühlten sich trocken an.

Ich unterbrach sie. »Schone deine Kräfte, ich bin jetzt bei dir. Bitte verzeih mir für den Schmerz, den ich dir zugefügt habe. Ich habe deinen Brief erhalten, was darin stand, erfüllte mein Herz mit unendlicher Traurigkeit.«

Ich konnte meine Tränen kaum zurück halten. Sie hob leicht die Hand und versuchte sie wegzuwischen.

Was war nur aus meinem glücklichen und fröhlichen Mädchen geworden?

»Heaven, es fing ganz harmlos mit einem Projekt an. Selena und ich verstanden uns einfach gut und kamen uns näher. Es entwickelte sich eine Freundschaft, dachte ich zumindest. Ich wusste nicht, dass sie etwas für mich empfand. Ich vertraute ihr. Sie nutzte es aus und versuchte mich zu erpressen. Ich hatte mir die Lösungen der

Prüfungen 'geborgt'. Ich wollte nicht riskieren, dass sie mich verrät.« Sein Atem ging stoßweise, ehe er weiter erzählte: »Ich wollte sie vergessen und die Beziehung mit ihr beenden. Es war leichter gesagt als getan. Mit der Zeit ...« Er stockte und sah sie an. Ihr Blick verriet ihm, dass er weitersprechen sollte.

»... mit der Zeit entwickelte ich Gefühle für sie. Heaven, es ist einfach passiert. Ich war nicht im Stande mich dagegen zu wehren. Ich hoffte, du würdest mich vergessen. Ich dachte, es ist besser, für uns beide und du wärst frei gewesen. Jetzt begreife ich erst wie falsch meine Entscheidung war. Ungewollt fügte ich dir große Schmerzen zu. Heaven, bitte verzeih mir, ich liebe dich. Ich habe nicht aufgehört an dich zu denken. Immer wenn ich an die Parkbank mit unseren Namen dachte, sah ich dich und dein Lächeln vor mir. Du bist krank; wegen mir. Ich bitte dich verzeih mir. Wenn du das nicht kannst, vergebe ich mir niemals, dass ich dich verlassen habe ...«

»Noah, ich möchte dich umarmen.« Ich schlang meine Arme um sie.

»Du zitterst ja am ganzen Körper«, murmelte sie an meiner Schulter. Ich schüttelte den Kopf. Sie dachte stets zuerst an Andere.

»Lass das jetzt Heaven. Wichtig bist jetzt nur du, du und deine Gesundheit. Ich will dich nicht verlieren.« Ich schluchzte laut auf und wog sie leicht in meinen Armen.

»Noah, ich liebe dich. Ich verzeihe dir«, flüsterte sie leise. Lange passierte nichts. Plötzlich klopfte es an die Tür und die Krankenschwester kam hinein.

»Sie müssen jetzt gehen.« Widerwillig löste ich mich von Heaven.

»Ich komme wieder.« Ich hauchte ihr einen Kuss auf die Stirn, ehe ich das Zimmer verließ.

Eine überraschende Wendung
KAPITEL 26

Noah

Heavens Zustand besserte sich im Frühling. Die Ärzte konnten ihr von Tag zu Tag immer mehr Hoffnung machen.

Mitten im Sommer kam dann endlich der Tag, an dem Heaven entlassen wurde.

Ob ihr meine Überraschung gefiel? Nervös fuhr ich mir durchs' Haar. Ich fühlte mich unsicher.

Ich schritt im Zimmer auf und ab. Still sitzen fiel mir heute schwer. Noch eine Stunde. Ich schnappte mir die Autoschlüssel und ging zu meinem Wagen.

Achtlos ließ ich mich in den Sitz fallen. Ich atmete tief durch, ehe ich den Schlüssel im Zündschloss drehte. Der Motor heulte auf. Ich verweilte kurz, dann fuhr ich los.

Auf den Weg zum Krankenhaus schwirrten mir tausend Gedanken im Kopf umher.

Was wenn ihr meine Überraschung nicht gefiel? Ich hatte mir solche Mühe gegeben. Es sollte perfekt sein denn mein Mädchen hatte nur das Beste verdient. Sie war mein Stern.

Nervös umklammerte ich das Lenkrad. Es machte mich verrückt, nicht zu wissen was passieren würde. Ich atmete tief ein und dann aus. 'Alles wird gut', redete ich mir ein.

Endlich, sah ich das Krankenhaus vor mir. Ich steuerte darauf zu und suchte mir einen Parkplatz. Plötzlich klingelte mein Handy. Ich sah auf den Bildschirm. Ich lächelte bei ihrem Namen. Ich hob ab.

»Na, wo treibt sich mein Sonnenschein rum?«, grinste ich. Sie kicherte am anderen Ende der Leitung.

»Komm her, vor dem Eingang du Schleimer.« Ich schüttelte den Kopf und legte auf.

Mein Handy klingelte kurz darauf wieder. Mit einen Blick darauf schaltete ich auf stumm. Ich sah sie von Weitem hastig auf ihrem Smartphone tippen.

Ich erhielt eine Nachricht von ihr: ***Was fällt dir ein aufzulegen?***, schrieb sie.

Ich steckte mein Handy wieder ein, ehe ich mich von hinten an sie anschlich. Ich hielt ihr die Augen zu. Natürlich hatte sie mich erkannt.

»Na, hast du mich schon so sehr vermisst?«

Ich ignorierte ihren Kommentar und küsste sie stattdessen auf die Stirn. »Du siehst wunderschön aus Heaven, es ist schön dich wieder so glücklich zu sehen.«

Ich lächelte sie an. Sie war wieder ganz die Alte. »Komm, lass dich überraschen.« Ich entführte sie zu unserem alten Lieblingsplatz.

Als sie die Bank mit den eingeritzten Namen sah, lächelte sie.

Wir setzen uns. »Erinnerst du dich noch an den Tag?«

»Ja ...« Sie schaute verträumt in die Ferne. Wir saßen still da und jeder ging seinen Gedanken nach. Die Zeit verstrich.

»Wieso sind wir hier?«, unterbrach Haven die Stille. Ich stand auf und kniete mich vor sie hin. Sie sah mich fragend an. Vorsichtig zog ich aus meiner Jacke eine kleine rote Schachtel. Aufgeregt fuhr er sich durch seine Haare, um sie halbwegs zu richten.

Ich öffnete die Schachtel. Ein silberner Ring kam zum Vorschein, den ein weiß gesprenkelter Diamant zierte.

»Heaven Thompson, möchtest du mich, Noah Hawkins, heiraten?« Ich sah ihr in die Augen. Mein Körper spannte sich vor Nervosität an. Ich hoffte auf ein 'Ja'.

Sie sah mich leicht verwirrt an. Dann bildete sich ein Lächeln auf ihren Lippen. »Ja.«

Mir fiel ein Stein vom Herzen. Ich steckte ihr den Ring an.

»Ich liebe dich, Noah«, sagte sie und fiel mir um den Hals.

Ich lächelte. »Ich dich auch ... ich dich auch.«

Heaven war für mich alles geworden.

Ich konnte mir ein Leben ohne sie nicht mehr vorstellen. Nie hatte mir ein Mädchen so viel bedeutet.

Heaven, ich liebe dich über alles.

Zeitfracht Medien GmbH
Ferdinand-Jühlke-Straße 7
99095 Erfurt, Deutschland
produktsicherheit@kolibri360.de